林肯在中陰

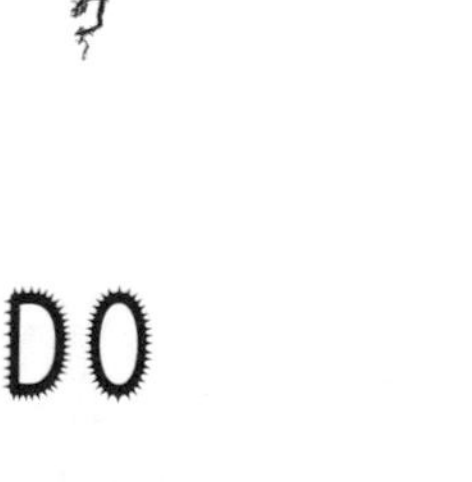

LINCOLN IN THE BARDO

喬治・桑德斯——著　何穎怡——譯
GEORGE SAUNDERS

CONTENTS

推薦序 無處可尋，故無處不在 吳明益 004

第一部 017

第二部 257

譯後記 無奈的嘮叨提醒 何穎怡 493

推薦文 林肯在暗夜啜泣 張四德 495

特別收錄 癢，抓就是了——專訪喬治·桑德斯 編輯室 504

推薦序

無處可尋，故無處不在——關於《林肯在中陰》

吳明益｜國立東華大學華文系教授

……請願者趁機衝向已經淨空的白石屋前，朝門內大喊訴說自己的故事，以致無法區辨這場絕望大合唱的個別聲音。

——喬治．桑德斯，《林肯在中陰》

直入花園

我年輕短暫學習南管時，有一首曲牌讓我難忘。那是因為在這種強調悠遠慢緩的音樂裡，它顯得「輕快」，不只是節奏輕快，連曲詞也輕快，在不知其意前，那詞與旋律，像是暗示你可以跳著疊步唱似的。

這首曲子叫〈直入花園〉。我的老師李國俊在一篇名為〈南管音樂的宗教意義探析〉提到，它是南管中成套（不只一曲）的道教樂曲，是原本閩南人迎「尪姨」時，進行唱唸儀式的曲子。目前所知最完整的尪姨歌曲套為「弟子壇前」，包含三首樂曲，第一首就叫〈弟子壇前〉，第二曲〈請月姑〉，都題作尪姨歌，第三首〈直入花園〉，則題為尪姨疊。「疊」這個字是疊拍的意思，意謂著演唱時速度得加倍。〈弟子壇前〉用來請神，是故也稱「請神咒」，曲子中分別請田都元帥、土地公、金絲舍人、分花娘娘、半路夫人。〈請月姑〉裡的「月姑」則非常人，而是稱為「姑仔」的通靈者，從曲詞看來，請來的姑仔不只一人，有的降乩「問聖」，有的則帶領陽間人探訪死者。

最後一首〈直入花園〉更具體描寫了「牽尪姨」儀式過程裡，進入陰間時所看見的幻象，是第一人稱的鏡頭。曲詞是這樣的：「直入花園是花味香，直入酒店都面帶紅。田蜈飛來都真成陣，尾蝶飛來都真成雙。冥陽嶺上是好蹺欹，阮今過只冥陽都心歡喜。掀開羅裙都疾趕去，走得阮頭茹都髻又欹。急急走（嘮）急急行，走到市上共您說拙分明。六角亭上是六角磚，六角亭下都好茶湯。六角亭上六角石，六角亭前都好栳葉。素香不如是茉莉香，尾蝶成陣都採花叢。嗹啊溜來嘮，溜嗹來嘮，腳踏草，一個腳踏草，嗳呀真個好敕桃，嗳啊真個都是好敕桃。」

這有著尾蝶（蝴蝶）、田蜈（蜻蜓）、六角亭、茉莉香，開著花叢，「好敕桃」（有意思、好玩，這裡用字都採南管譜的原字）的路，事實上是陰府之路。

靈媒．小說家

喬治．桑德斯（George Saunders）是近年非常吸引我的一位美國小說家，他並不是一個文字華麗，傳統的「內向型」寫作者，桑德斯的作品取材多樣，構思驚奇，同寫小說的我在他的作品裡同時感到挫折與啟發。

我曾以他的短篇小說集《十二月十日》當成課堂讀本，在這本小說集裡，有幾個故事「恐怖」得令人難忘，比方說〈逃離蜘蛛頭〉和〈森普立卡女孩日記〉。〈逃離蜘蛛頭〉寫的是一種新藥的實驗，這些藥劑可以改變內分泌，影響人的情感與能力表現。蜘蛛頭便是實驗的主控室，當那裡下命令時，主角傑夫就會被從血液滴入比方說能讓語言能力變好、愛上眼前人、或彷彿置身地獄，心靈飽受折磨的藥劑，以測試這些藥劑對人情感反應的改變效果。

傑夫是犯罪才會成為被實驗者，而這個實驗最殘酷的是，在注射了影響你「愛」人的藥劑後，藥效仍在時，逼你決定給予哪個你才剛「愛」（做愛）過的人懲罰性藥劑時，才是痛苦的開始。

〈森普立卡女孩日記〉更是讓我心驚，桑德斯若無其事地寫未來（或某個時空裡），人們流行用特殊方法讓異國女孩腦與肢體暫停運作後，懸吊在花園裡當「裝飾」。風吹過來，那些森普立卡女孩緩緩飄動，路過的人都感到欣羨並且贊歎，希望自己的庭院也能有森普立卡女孩。

在這些「恐怖」小說裡，我發現桑德斯小說的特點：他總是嘗試各種可能的敘事體裁——日記、臉書、MSN對話、Skype、微博……，並且在語言上力求每個角色各有面目。他的作品還有一種氣息，總能讓你像走在花園小路上似地，引導你「無有恐怖」地進入恐怖之中，它能帶給你真正痛苦的體驗，不是獵奇、不是感歎。

過去，不少人會用另一個職業比喻小說家這個行業，常見的有說謊家、魔術師與靈媒。事實上這幾種身分必然重疊出現在一個傑出的小說家身上——我認為小說家還得同時是獵人、工程師與博物學者。

但總是有人在特殊的體質上多那麼一些，對我來說，桑德斯靈媒的體質大過其他，特別是我在讀完《林肯在中陰》之後。

帶你到中陰

桑德斯這本小說的英文書名是*Lincoln in the Bardo*，小說事件的核心是「林肯喪子」。事實上林肯死了不只一個兒子，他與妻子瑪麗生的四個兒子，僅有一人長大成年，這小說裡寫的是一八五〇年出生，一八六二年二月二十日過世的威利·林肯。這個時刻正是南北戰爭剛開始，戰情極為緊繃之時，林肯為了凝聚政治向心力舉辦了宴會，不料他的兒子威利·林肯因為傷風導致感染病重，由於邀請函已經發了出去，因此宴會照常進行，當林肯夫婦招待賓客之時，威利則在樓上與死神搏鬥。宴會結束後，小威利病情轉重，結束了他十一年的短暫生命。

選擇歷史上如此知名人物來寫作，首先遇到的一個困難就是小說家不能把它寫成流水帳（因為太多非虛構書寫會處理），桑德斯沒有選擇最具戲劇性的事件（林肯遭刺殺）而是這個極具小說感的時刻，說明他做為傑出小說家的敏銳。而更重要的是他藉由特殊的敘事，去表現那個「時刻」的「內在精神」。

「Bardo」是藏文，指的是「一個情境結束」，但「另一情境尚未展開」間的過渡時期。《俱舍論》裡的說法是，斷氣、剛死亡的時候稱為「死有」，進入轉世則稱為「生有」，已死未生稱「中有」（或稱中蘊、中陰身）。由於介在兩個狀態之間，意識依然存在，因此生命僅由意識主宰。意識能帶人到任何地方（包括一生的回憶），但卻也什麼都不能做。小說大部分的情節都是發生在「中陰」。

這本不算厚的中長篇小說在敘事上可以分成三部分，一是中陰裡陰魂間的對話，二是許多描寫林肯時代書籍（包括虛構與非虛構）的摘錄重整排比，三是事件發生時的旁觀敘事（佔的比例較少）。

譯者何穎怡在譯後記提到，這部不算長的小說共提及一百六十六個人物，其中較有完整故事輪廓的約為十幾人。在中陰裡最主要的聲音由漢斯．沃門、羅傑．貝文斯三世、以及艾維力．湯姆斯牧師組成。而在陽間間歇出現的一個觀察者，則是墓園看守人傑克．曼德斯。當一本十幾萬字的小說卻要容納一百多人的「聲音」時，你可以知道這樣的敘事將如何考驗讀者的耐心，但讀到第一部的中段，我卻完全被這樣的敘事方式吸引。

首先那些滯留在中陰的靈魂（最長的已經在此兩萬多個夜晚），仍停滯在他們的時代。那並非是永恆，而是真正的地獄，因為殘存的意識不斷讓鬼魂們回憶起人間的苦痛時刻。只是在這裡他們認識到的真理，卻是任何事皆非永恆，「建築與紀念碑都不是恆定的」。

與中陰漫長的時間相對，是陽間的「此刻」。當林肯下了作戰決定，他注定成為一個歷史漩渦的核心，人世間將有無數評價、紀錄、回顧緣此展開。在桑德斯的引述裡，那些林林總總對林肯的描寫，既是眾聲交響，也充滿矛盾。林肯發動的南北戰爭是引發政治與憲政危機的不義之戰，抑或真為黑人權利的孤注一擲？他究竟是個長相奇特的醜漢，抑或是一笑就光采煥發，擁有世上最悲傷、睿智藍眼睛的人？是性格低劣，粗魯不文、優柔寡斷的愚鈍領袖，還是心懷遠見，獨排眾議，以一戰促成長久歷史改變的智者？我從未讀過一本小說，對角色的容貌描寫如此多角度、深刻，原因正在於這不是一個人（小說家）對角色的描述，而是集合了數十人、數百人，甚或數千人對角色的印象。

此外，龐雜卻不可思議流暢地串連起敘事任務的「引文」，和中陰間七嘴八舌的敘事者構造成時代的聲音，它們從來不是和諧，而是充滿矛盾。有時甚至連宴會那晚有無月亮、月色是藍是黃都不一致，遑論其他。

在這樣的大時代背景下，桑德斯又巧妙地以林肯和愛子之間的情感，做為立體化林肯這個人物的關鍵。小說裡不斷暗示，「愛是父母跟孩子間唯一鎖鍊」，喪子後的林肯數度來到墓園，當他俯身棺槨的一刻，桑德斯就讓他進入中陰，讓那些停留在中陰各自有其悲傷經歷的陰魂們，目睹一個父親的眼淚。

事實上這段敘事並非無由，林肯終其一生都受到抑鬱症的折磨，妻子在他遇刺身亡後，甚至進入過精神病院療養。這位在美國歷史上具有決定性影響力的人物，得在喪子的情緒裡撐起這場壓力極大的戰事。桑德斯巧妙地穿插當時或虛構的輿論讓讀者感同身受，比方說引用《無舵之船：總統掙扎時》裡寫到的一件事：「華盛頓某小報出現一副漫畫名《閒言與長矛比鬥》，畫中，林肯夫婦痛飲香檳，男孩（兩眼畫了××）則爬進墳坑，問：**『父親，我死前**可否**來一杯？』**」

除了那個大歷史與林肯的心靈深處外，桑德斯則將夭逝的威利．林肯描寫成一個堅持在中陰間等待父親再來的男孩，打動了眾陰魂。這些陰魂在生前各自有自己的傷心事，因此此刻只得破碎的殘軀，卻在這過程裡找回自己的原真之身。陰魂列隊向小威利訴說他們對陽間的迷戀、苦楚與難以割捨的記憶，他們在世時如何被誤解、錯待、忽略、漠視，吐露對他們而言是唯一的救贖。

桑德斯竟能以破碎的引文、對話、日記、訪談，結構成絕妙的小說之筆，讓讀者明知小威利必然絕望離開中陰，仍然寄望奇蹟發生。而眾陰魂協助小威利的過程裡，又讓讀者讀到了官宦之家外的「民間」故事與聲音，這三層敘事，重重疊疊，像小石子一樣組成了一座不思議的巨塔，直達天聽（或地獄）。

做為一個小說作者，讀到這樣一本「以小說來定義小說」的作品，感動且歎服。

從中陰而上的昇華

一部小說無論有多麼絕佳的布局與敘事，都不足讓它深刻。不過，深刻是一種很難測度的品質，誰能評斷一部小說深不深刻，我至今亦無定論。桑德斯說他為了寫作這本小說，不但重習十九世紀的英文風格，也研讀了大量林肯與那個時代的材料，我想，應該還有大量的宗教材料。他選擇讓林肯在Bardo，絕非偶然。

小說在引述間時真時假，但那些陰魂的聲音必然出自小說家的聲腔（即使他們的遭遇應該有所本）。其中一段由漢斯這個陰魂所講的話，或許可以視為這本小說彷彿佛家眾生皆難能離苦的思想核心：「現在他的思緒轉向哀傷；轉向世界充滿哀傷這個事實；人人均扛負某種程度的悲哀；是人，皆苦；無論一個人在世間行何道，必須記住世人皆受苦（沒人心滿意足；不是被錯待，就是被忽略、視如無物、誤解），因此，人應竭力減輕周遭人的負擔；記住他此刻的哀傷並非獨有，一點也不，從古至今，無時無刻，無數人不是正在體驗就是即將體驗類同之苦……。」

被牧師性侵的小男孩，失去愛的婦人，失敗的學者，不斷遭遇強暴的女子……這些陰魂以「苦」彼此安慰。黑人與白人間的宰制與傷害，種族性別之間的歧視與不平，這些苦確然存在，誰可慰藉？誰可慰藉？

桑德斯唯有在中陰，才能讓這些陰魂帶著苦進入林肯心裡，「讓世人看看我們」。

在《私人戰爭》（*A Private War*）這部電影裡，傳奇戰地女記者瑪麗・科爾文（Marie Colvin）說：「戰爭對政府來說不那麼可怕，因為他們（那些官員）不像一般人會受傷或送命。」「什麼樣的飛機轟炸一個村莊也不重要，重要的是那個行動損失的人命。」她說，身為一個記者，她需要發現那些人（死者與生者）的故事，所有的故事，因為**人與人互相聯繫**。

死亡切斷了那樣的情感聯繫，而故事延續了那些聯繫。桑德斯的故事成功地建立了聯繫。他運用了一種罕見且艱難（對小說家而言）的敘事方法，以真正的小說，震碎我的骨骸、眼淚與心。他帶每一位願意「看看他們」的讀者去到「中陰」。

但，世人真願看看「我們」嗎？

碎裂在沙灘的浪

我想起自己過去在唱〈直入花園〉時，曾不理解為什麼進入陰間卻不把風景寫得鬼氣森森，反而好像一場郊遊遠足。但把這曲子跟〈請月姑〉合在一起唱時，有一句歌詞卻深入我心，讓我感到淒涼之意，那就是「前人叫，你莫聽。後人叫，你莫行。」

在《林肯在中陰》裡，有些句子反覆出現（彷彿經文），其中一句是：「你已經是碎裂在沙灘的浪」。碎裂的浪看來是對生命死去的感歎，卻也暗藏著生的力量。每一道莫聽莫行，自顧自往前的浪構成真正的生命風景，前浪方逝，後浪隨至。歷史如斯，不舍不棄。

我讀過一些關於美國歷史的書籍，並不是所有人都相信林肯是堅定以解放黑奴為職志的領導者。部分歷史學者解釋，一八六二年林肯發表的《解放奴隸宣言》，是一種政治決定，用意是搶占道德高點打贏這場原本是為了經濟利益發動的戰爭。

在小說裡，那正是小威利死去之後的轉變，是林肯到中陰之後的轉變，是林肯聽到陰魂之聲之後的轉變。這便是桑德斯不在寫一個偉大的「人物」，而是試著寫一個隨著時間過去，長留人心的真理。那真理無處可尋，故無處不在，小說並非真理的聖經，但你若細讀，必有所見。

獻給卡提娜和雅琳娜

Chapter 1

第一部

1

新婚那天，我四十六歲，她十八歲。我知道你們在想什麼：老男人（壯實微禿、一嘴木製假牙，還瘸了一腿）要行使初夜權，因此，嚇壞了可憐的年輕——

錯。

要知道，那恰恰是我不為之事。

洞房夜，我咚咚咚爬上樓，因飲酒跳舞而滿面通紅，她身著阿姨強迫她穿的薄裳，絲綢領口因渾身發抖而輕顫——目睹此景，我做不出來。

我輕聲細語，表達心意：她是美人兒；我是老醜二手貨；這是奇怪匹配，非因愛情，而是權宜；我一清二楚若非父窮母病，她何以至此。我絕不會碰她。因為我瞧見她的恐懼與厭惡。沒錯。我用的字眼是「嫌惡」。

她發誓不「嫌惡」我，然而，我看見她的臉蛋（粉嫩暈紅）因說謊而扭曲。

我提議我們該只做……朋友。外人面前，得裝已有夫婦之實。這很重要。她盡可放心，快樂過日，把這兒當家。我對她並無他求。

我們就這樣過活。成為朋友。摯友。僅此而已。卻意義非凡。我們一起歡笑，家事上共同拿主意——她讓我把傭僕放在心上，而非隨便敷衍。她的眼光甚佳，僅花極小部分預算便完成屋子裝潢。看到我回家，她眼神發亮，討論家務時，身體輕靠過來，她以無可言喻的方式改善了我的命運。我的生活原本就快樂，相當快樂，現在我更是經常不由自主反覆簡單頌禱：她在這兒，還在這兒。這就像溪河潺潺流過，讓這個家充滿活水氣味，某種豐富自然、令人屏息的東西永遠都在身旁。

某日晚宴，她突然主動在吾友面前極力讚美我——說我是好人：體貼、聰明、善良。

四目相視，我知道她說的是真心話。

第二天，她在我桌上留了字條，寫著：儘管她因羞赧無法將感情形諸語言或行動，我的善良卻結出可喜果子：她很幸福，在我們的家也很自在，套句她的話「希望與您攜手將這份幸福拓展到我仍很陌生的親密領域」。她並建議我引領她，一如我在許多成人事務上對她的指導。

我讀完字條，去吃晚餐，看見她滿面紅光。我們當著僕人的面坦誠相望，欣喜原本無望的情勢竟能開花結果。

當晚在她的床上，我不敢過分踰矩，秉持一貫的溫柔恭敬有禮。我們接吻，擁抱，淺嘗即止，但各位可想見突來的縱情是何等奢侈。（哦，當然）我們也感覺慾望高漲，那卻是扎根於我們緩慢建立的深厚感情，一種持久且真誠可靠的連結。我並非毫無經驗，說句不好意思的話，我也曾年少輕狂，出入大理石巷，流連「賞物盒」、「狼穴」等下流場所，結過一次婚，活躍床第，眼前卻是我從未體驗過的激情。

我們心照不宣，第二晚將進一步探索「新大陸」，然後我去印刷廠上班，頑抗內心那股想要留在家中的強大拉力。

大不幸，那天是梁柱之日。

是呀，是呀，真是背運！

我坐在辦公桌前，屋梁從天掉落，正砸在我那兒。復元期間，原訂計畫得擱置。依據醫師的建議，

漢斯．沃門

我躺到——

某種養病箱，據信——

羅傑．貝文斯三世

靈驗有療效。

漢斯．沃門

正是這話，靈驗有療效。謝謝您，我的朋友。

羅傑．貝文斯三世

樂於效勞。

我躺到起居室的養病箱，覺得蠢透了，因為不久前我才與她歡欣牽手、竊喜經過這個起居室，前

往她的臥房。醫師回來了，與助理一起把養病箱扛上養病車——現在我明白計畫必須無限期延宕了。真是挫折！何時，我才能盡享床笫之歡；何時，我才能摟抱她裸裎的身體；何時，她才會雙唇飢渴、雙頰緋紅望著我；何時，她恣意鬆開的奔放長髮才能裹住我倆？

看來，必須等到我完全康復。

真是可惱的發展啊。

漢斯．沃門

但凡世事皆可忍受。

羅傑．貝文斯三世

此言甚是。

老實說，當時我不作此想。我躺在養病箱，尚未出發，還可以短暫離開箱子，狂奔，掀起小小一陣煙塵，甚至打破了前廊的花瓶。拙荊與醫師熱切討論我的傷勢，毫不在意。是可忍，孰不可忍，我小小發了一頓脾氣，穿過狗的身體，牠們因而夢見熊，狂吠跑開。那時我還有這種本事！想當年啊！現在，我再也沒本事讓狗夢見熊，一如我無法帶這位沉默的年輕朋友外出晚餐！

（他看起來的確年輕，不是嗎，貝文斯先生？他的輪廓？他的姿態？）

總之，我返回養病箱，以我們的方式哭泣——年輕人，您有哭的經驗了嗎？剛到這家病院時，每當想哭，我們的身體就開始緊繃，關節微微痠疼，體內某個小東西爆開。病體還新時，哭泣偶爾還會噴屎。我就曾發生這事。那天躺在養病車上，我氣憤難平，病體仍新，就在養病箱裡噗了點屎。結果呢？那屎至今還在呢。盼您勿以為我粗俗不文，或者招人厭，進而損及我們剛萌芽的友誼，我得說那坨屎此刻還在我的養病箱裡，雖然乾涸了許多！

天，您還是個孩子呢。

漢斯．沃門

經您一說，好像是的。

他來了。

快要整個現形。

羅傑．貝文斯三世

跟您致歉。天可憐見。您年紀輕輕就困居養病箱，還得聽大人鉅細靡遺描繪養病箱裡的那坨屎——實非最好方式，呃，進入這個新——。

天啊，您還只是個男孩，小男孩。

萬分抱歉。

漢斯．沃門

2

林肯夫人跟我說：「妳知道總統每年冬天都要舉行一系列國宴，所費不貲。要是能改成三次大型招待會，就不必辦國宴。如果林肯先生願採用我的想法，我就能付諸施行。」

總統說：「我想妳是對的，論點很好。我們該改辦招待會。」

就這麼定案，開始準備第一次招待會。

——摘自《幕後：為奴三十載與白宮四年》

伊莉莎白．凱柯莉著[1]

廢奴人士批評白宮歌舞昇平，許多人拒絕參加招待會。班傑明．韋德[2]的抱憾之語最為辛辣：「總統伉儷不知此刻正在內戰嗎？如果他們不知道，我與妻子可是萬分清楚，我們拒絕饗宴與歡舞。」

——引自《華府起床號，一八六〇—一八六五》

瑪格麗特．李琪著[3]

總統的公子泰德跟威利經常收到禮物。威利特別喜歡那匹小馬，天天騎。氣候變化無常，他因而重感冒，惡化成高燒。

凱柯莉（同前）

五日那晚，林肯夫人正著裝準備參加晚宴，威利高燒不退。呼吸窘迫。她知道威利肺部瘀血了，恐懼萬分。

朵麗西．麥席夫．昆哈特與菲立普．昆哈特二世著
摘自《二十天》[4]

譯注

1 伊莉莎白．凱柯莉 (ElizabethKeckley,1818-1907) 是美國黑奴，著名裁縫與作家，林肯夫人貼身密友。《幕後：為奴三十載與白宮四年》(*Behind the Scenes or Thirty Years a Slave and Four Years in the White House*, 1868) 是她著名作品。

2 班傑明．韋德 (Benjamin Wade, 1800-1878)，美國南北戰爭期間的參議員。

3 瑪格麗特．李琪 (Margaret Leech, 1893-1974)，美國小說家、歷史學家，《華府起床號》(*Reveille in Washington : 1860-1865*, 1941) 讓她成為美國第一位普立茲獎女得主。

4《二十天》(*Twenty Days*, 1965) 朵麗西．麥席夫．昆哈特 (Dorothy Meserve Kunhardt,1901-1979)，美國童書作者、歷史學家，以《啪啪兔》(*Pat the Bunny*) 與林肯研究聞名。

3

（林肯夫婦的）宴會遭到極度抨擊，但是重要人士都出席了。

——李琪（同前）

簇擁的賓客，讓人無法一眼看清，只能暈然穿梭於宛如市集的氣味、古龍水、香水、扇子、帽子、髮飾、鬼臉，以及猝然尖叫張開的嘴，是因快樂抑或恐懼而吶喊，無從得知。

——摘自《我眼僅見：困阨時代的回憶》
瑪格莉特．賈芮特夫人著

每隔數碼便有花瓶，插著總統暖房的奇花異卉。

——昆哈特與昆哈特（同前）

各國使節最耀眼了，包括萊恩斯勳爵、梅謝爾先生、史岱庫魯先生、馮林布克先生、達薩拉先生、派柏伯爵、勃特納提爵士等。

層層垂掛的水晶吊燈點亮東廂，地毯是海水泡沫綠。

——李琪（同前）

——摘自《偉人崛起》

大衛・馮・德萊爾著[5]

藍廳裡多種語言迴盪，麥克道威將軍以流利法語交談，被歐洲人團團圍住。

——李琪（同前）

賓客包含各種國籍、種族、官階、年紀、高矮胖瘦、高低嗓音，髮型、姿態，香水各異，口音各殊，彩虹般繽紛。

——賈芮特（同前）

出席者有內閣閣員、參議員、眾議員、傑出公民，以及來自各州的美麗女士。只有少數幾位軍官官階低於師長。法國王子來了，腓烈士・薩勒姆—薩勒姆王子也來了，他是普魯士貴族，騎兵軍官，效力布蘭卡將軍麾下。

——李琪（同前）

……帥氣的德國賽盧姆—賽盧姆；惠特尼兄弟（雙胞胎，一模一樣，只是一個戴上尉臂章、一個戴中尉臂章）；外交官梭恩—杜力；范信達夫婦；小說家E·D·E·N·索恩沃恩；喬治·法蘭西·崔恩與他的美麗夫人。（套句時髦的俏皮話：年紀只有他的一半，身高卻是他的兩倍。）

——賈芮特（同前）

巨大的瓶花幾乎遮掩了正在熱切討論的一群躬腰老人，他們的腦袋全傾向中間。那是艾伯納菲、史維爾、科德，三人均於年內死亡。高䠷蒼白的卡斯特森姊妹斜站一旁，宛如石膏做的向陽花藥，正傾耳聆聽呢。

——摘自《聯邦城堡：回憶與印象》
朱·布朗特著

十一時，林肯夫人挽著總統的手帶領大家繞行東廂。

——李琪（同前）

眾人齊擁向前，我不認識的某男士正在表演最新的「快樂的瑪麗—吉姆」舞。在圍觀群眾懇求下，他於掌聲中又表演了一次。

——賈芮特（同前）

大家發現僕人鎖了國宴廳的門，鑰匙誤放他處，笑翻了。某人大喊：「我贊成進攻！」另一人仿近日國會發言：「肇因指揮官的白癡愚蠢，前進之勢受阻。」

——李琪（同前）

此景令我聯想：就是這麼一群不受約束者的愚騃鼓動，讓全國整軍備武投入一無所知、一觸即發的破天荒軍事對抗。此種集體高潮蠢動所呈現的遠見與正直，實與未經訓練的幼犬並無二致。

——艾伯特・史龍書信
史龍家族授權使用

那時宣戰未及一年。我們都不知道它會是什麼。

——摘自《戰慄青春：我的內戰青少年時期》
E・G・法蘭著

當鑰匙終於找到，歡樂賓客一擁而進，林肯夫人有理由自傲饗宴的奢華。

——李琪（同前）

房間四十呎長、三十呎寬，顏色亮麗繽紛，賓客尚未踏入，廳內已似滿溢。

昂貴葡萄酒與烈酒隨意暢飲，巨大日本潘趣酒缽裝了十加侖香檳水果酒。

——摘自《林肯夫婦：婚姻素描》

丹尼爾・馬克・艾波斯坦著

林肯夫人聘請了著名紐約外燴師傅C・賀爾德。傳說要價逾萬。每個細節都務求完美；水晶吊燈垂掛了花飾，長形鏡面上灑了玫瑰花瓣，做為食物桌擺設。

——李琪（同前）

戰爭期間，此舉實在是貪婪鋪張。

——布朗特（同前）

艾爾莎瞠目結舌，不斷捏我的手。古謂酒池肉林，大抵如此吧。我們親愛的好主人真慷慨啊！

——史龍（同前）

——摘自《戰時的首都》

彼得森・威契特著

餐廳裡，一張鏡面長桌擺了巨大鏡子，上置大型糖製擺設。一眼就能認出的是薩姆特堡、戰艦、自由女神廟、中國寶塔、瑞士小屋……

昆哈特與昆哈特（同前）

……一座糖製廟宇，旁邊是自由女神像、中國寶塔、豐收羊角、拔絲糖漿噴泉，群星環繞……

摘自《林肯的華盛頓》
史丹利·基摩著[6]

夏洛特水果蛋糕填充的蜂巢擠滿栩栩如生的蜜蜂。一頂拔絲糖羽飾翻飛的頭盔輕點出戰爭的背景。「聯邦號」護衛艦上面有四十管砲，揚帆準備啟航，護衛該艦的是身披星條旗的小天使……

李琪（同前）

一旁茶几擺了皮更斯堡，圍繞它的東西比砲塔槍可口——調理好的炸雞配菜。

基摩（同前）

自由女神像站在中國寶塔上，糖製裙子像簾幕垂下，寶塔裡的池塘漂著糖絲，巧克力小魚悠游。鄰近，蛋糕製成的活潑天使正在揮開細釉懸絲垂掛的蜜蜂。

——威契特（同前）

一開始，這些擺設細緻完美，越晚，糖製大都會缺損越甚，有賓客一掌挖走四分之一個城市，揣進口袋，打算帶回家分享心愛之人。更晚，人擠人，鏡面桌上的糖製華廈傾頹了。

——賈芮特（同前）

賓客吃滑嫩雉雞、肥美鵪鶉、鹿肉排和維吉尼亞火腿；據案大嚼北美灰背野鴨、新鮮火雞肉，狼吞虎嚥數以千計的養殖蠔，都是一小時前才剝殼，冰鎮生吃、奶油燒烤、牛奶清蒸，或者裹麵包粉炸。

——艾波斯坦（同前）

加上滿坑滿谷的精緻小點，即便上千賓客奮力大嚼，都無法一掃而空。

——基摩（同前）

然而，掛著機械笑容的主人夫婦一晚無歡，不斷上樓探視病得厲害的威利。

昆哈特與昆哈特（同前）

5《偉人崛起》(*Rise to Greatness: Abraham Lincoln and America's Most Perilous Year,* 2012) 大衛・馮・德萊爾 (David Von Drehle,1961-) 美國著名記者與作家，曾任職《華盛頓郵報》、《時代雜誌》，獲獎無數。

6《林肯的華盛頓》（*Mr. Lincoln's Washington,* 1957）。史丹利・基摩（Stanley Kimmel, 1894-1982）曾任職《芝加哥每日新聞》，知名作家，曾提名普立茲獎。

4

樓下，海軍陸戰樂隊的豐富樂音傳到樓上病房，變成輕聲耳語，好像遠處鬼魂在任性低泣。

——凱柯莉（同前）

威利睡在有暗紫色牆帷與金色流蘇的威爾斯親王房。

——艾波斯坦（同前）

漂亮圓臉高燒發紅。雙腿在褐紅色棉被下不停動著。

——摘自《第一手歷史》
雷納・侃特編輯
引述凱特・歐布朗夫人

曾識舐犢之情者應能想像總統夫婦的憂懼惶恐，煎熬於為人父母者都有的驚懼揣想：**天地**不仁，恐視人命如草芥。

——摘自《艾德溫・韋妻內戰書信集》

康絲坦斯・梅斯編輯

恐懼揪心。林肯夫婦再度下樓聆賞當晚演出者「賀金森家族」唱歌，那是〈火燒船〉的恐怖逼真演繹，海上暴風雨的聲音與受困乘客的尖叫，母親將嬰兒緊貼在雪白胸膛。腳步沉重奔逃，吶喊：「失火啦！失火啦！」

水手目睹此景臉發白
火光照亮他們的眼睛
憤怒黑煙往上衝，往上衝
天啊，葬身火窟真恐怖！

——昆哈特與昆哈特（同前）

嘈雜紛嚷，賓客自然都得拉高嗓門說話。馬車一輛輛抵達。窗戶大開，人們擠在窗戶下，期盼呼吸點清涼夜風。躁動的快樂氣息橫掃屋內。我開始暈了，而且我不是唯一。到處都有頹倒在扶手椅的中年太太。醺醉男士則幾乎整張臉貼到畫上。

——賈芮特（同前）

有人尖叫吶喊。

——史龍（同前）

某男子沉浸於全然快樂，身著橘褲，藍色外套敞開，站在餐點桌前大啖，就像美妙的安布希[7]終於找到美夢之鄉。

——威契特（同前）

當日的插花真乃前所未見！高聳，豐豔色彩奔洩——但旋即見棄，在二月黯陽下枯乾變褐。動物屍體熱騰騰、豐厚多汁，以小小綠枝覆蓋，置於昂貴餐盤，稱之「肉食」。如今則成車運往不知何方，變成垃圾，雖然它們曾一度高昇為令人食指大動的美食，現在再度褪回動物殘肢屍骸本色。數千件當天下午恭敬攤平、拂過門框後仔細撢灰、上馬車前裙襬高提的美服，今何在？有哪件後來被博物館收藏展示嗎？有幾件被收在閣樓？多數已煙飛灰滅。一如當年驕傲穿上它們、散發短暫風華的女主人。

——摘自《內戰期間的社交生活：歡樂、潰敗、滅絕》（未出版手稿）馬文．卡特著

7 根據作者回信，安布希乃虛構人物。

5

許多賓客特別記得那晚的美麗月色。

摘自《戰爭與失去的季節》
安・布萊妮著

數次談及月色皎美。

摘自《漫漫榮光路》
愛德華・賀特著

最常見的說法是那晚月亮金燦，別致懸掛天際。

摘自《白宮晚宴：混合體》
勃娜黛特・艾文著

那晚月亮沒露臉，雲朵厚沉。

威契特（同前）

肥綠新月高懸，像不苟言笑的法官俯瞰瘋狂場景，漠然於人類愚行。

摘自《我的一生》

朵拉麗絲・P・賴文索普著

那晚滿月澄紅，宛若映照人間大火。

史龍（同前）

當我在屋內走動，不時看到銀色的楔形月在這扇窗與那扇窗前露臉，好像期盼被邀請入內的老乞丐。

卡特（同前）

上菜時，月兒已懸高變小，藍色，依然很亮，但不若先前光燦。

摘自《消逝的年代》（未出版回憶錄）

I・B・畢里格三世著

那晚持續黑暗無月；暴風雨逼近。

摘自《最歡樂的歲月》

艾伯特・川鐸著

當黃色滿月高掛晨星間，賓客陸續離去。

摘自《華盛頓權柄》

D．V．法德利著

雲兒鬱厚，沉重，低壓，暗玫瑰色。無月。我跟先生停住腳步，抬頭看小林肯痛苦臥病的房間。我替那孩子的健康默禱。找到馬車，返家。感謝慈悲的上帝，我家孩兒正平靜安睡。

摘自《一位母親的記憶》

艾碧吉兒．薛維斯著

6

最後的賓客拖到破曉才離去。僕人在地下室整夜清洗，賣力工作，一邊飲用殘餘酒水。熱，累，醉，幾個僕人吵了起來，在廚房大打出手。

——馮．德萊爾（同前）

我數次聽到人們悄聲說：死神已來叩門還這麼尋歡作樂，實在不妥。也許非常時刻，公共生活越低調越好。

——摘自《芭芭拉．史密斯－西爾戰時書信集》
湯姆斯．薛菲德與愛德華．莫倫編輯

夜晚緩緩過去；清晨降臨，威利病況更劇。

——凱柯莉（同前）

7

昨日三時許，來了長長車隊——大約二十輛馬車，無處可停放——有的停在人家的草坪，有人斜放在籬笆旁的墓園地——走下靈車的人不是林肯先生又是誰呢？我認得他的相貌——只是現在他身體辛苦彎曲，面容憂傷，幾乎要人催促，才肯進入這個恐怖所在。我尚未聽聞此一哀傷消息，一時錯愕，沒多久就搞懂狀況，衷心替這孩子跟他的家人祈禱——報紙刊載許多他生病的消息，竟是這種不幸結果——接下來一小時，馬車不斷抵達，整條街道擁塞不能行。大批群眾進入教堂，從敞開的窗戶，我可以聽見葬禮進行：音樂、佈道儀式、哭泣。然後群眾散去，馬車開拔，好幾輛車卡在一塊，得分開來，街道與草坪一團糟。

今天，依舊濕冷，二時左右，一輛小馬車獨自抵達，在墓園大門停下，下車的依然是總統，這次有三位紳士相伴：一位年輕，兩位**年邁**——威士頓先生跟年輕助手在大門迎接，一起進入教堂——沒多久，助手跟一位幫手把小棺材抬上板車，這群哀傷的人就出發了。板車在前，總統跟同伴沉重在後——他們的目的地顯然是墓園西北角。那兒的山坡十分陡峭，雨兒不停，讓這支隊伍顯得哀傷自持又笨拙騷動，助手們手忙腳亂扶住板車上的小棺材——所有人（包括總統）努力在濕漉漉的草坡上平衡細碎腳步。

總之，林肯家的可憐孩子並非如報紙猜測的——舉行完儀式立刻送往伊利諾州，而是長眠於路的那一頭。他們租了卡羅法官家墓窖的一角。安德魯，試想，把寶貝兒子像折翼鳥兒那樣放入石室裡，轉身離去，是多大的痛苦啊。

親愛的哥哥，這是個安靜夜晚，就連**溪水**也比素日低鳴。月兒此刻才露臉，照亮墓園的墓碑——瞬間，草地上似乎各式高矮胖瘦的天使奔馳：肥碩的天使、狗般大小的天使、騎馬的天使等。

我已習慣與**死者**為伍，他們是怡人伙伴，不管是躺在**土裡**還是冰冷**石室**裡。

——摘自《戰時的華盛頓：伊莎貝．波金斯內戰書信集》
納許．波金斯三世編輯
信件日期：一八六二年二月二十五日

8

所以，總統把兒子放在租來的墓窖，回去為國效命了。

摘自《給男孩聽的林肯故事》
麥斯威爾．佛列格著

再也沒有比這個墓窖更美麗安詳的所在了，不為一般掃墓者察覺。它位於陡峭幾成直角的山壁頂，是左角的最後一間墓窖，離平地極遠，俯瞰羅克溪。湍急水聲悅耳，光禿林樹堅韌衝向天際。

昆哈特與昆哈特（同前）

9

非常年輕時，我便有特殊癖性，我認為純屬自然，甚至美好。對我的父親、母親、兄弟、朋友、老師、神職人員、祖父母來說，它既不自然也不美好，而是變態羞恥，因此我飽受煎熬：我該否定自己的癖性，結婚生子，換言之，讓自己注定得不到滿足嗎？我想要快樂（我相信人人如此），因此與某位同窗發展了純潔——呃，**算是**挺純潔——的友誼。沒多久，便發現我們沒有希望。（捨棄細節不說，大體就是我們欲試又止，重新開始，信誓旦旦又背叛，終於，在馬車房的某個角落，呃，如此這般了。）某日，我們一番懇談，吉伯特表明從今而後要「正確過活」。翌日下午吧，我拿了切肉刀回房間，留字條給我父母（大意是「我很抱歉」），另一封給吉伯特（我已愛過，因此，無憾離去），在瓷盆上用力劃開手腕。

大量血突然鮮紅滴答敲擊白色水盆，我暈眩頹坐於地，就在那時——說來慚愧，不過，還是老實說吧：我後悔了。一條腿都進了鬼門關的那刻，我才發現這個世界美不可言，堪稱完全為我們的愉悅而設。八月斜陽下的飛舞昆蟲；白雪深及腳背、腦袋依偎的三匹黑色馬；冷冽秋日裡，橘黃色窗戶裡隨微風飄出的牛肉清湯味……神允許我日日徜徉於這個神奇的感官樂園、這個細心蘊藏一切美好事物的輝煌市集，我卻差點浪擲美妙神賜——

羅傑．貝文斯三世

您吶。我的朋友。

漢斯．沃門

我——我老毛病又犯了？

羅傑．貝文斯三世

是的。

深呼吸。沒事的。

我擔心您有點嚇著我們新來的朋友。

漢斯．沃門

萬分抱歉，小紳士。我只是想以自己的方式歡迎您。

羅傑．貝文斯三世

你因「大量血一陣暈眩」，「頹坐於地」，「後悔了」。

漢斯・沃門

是的。

大量血突然鮮紅滴答敲擊白色水盆，我暈眩頹坐於地，就在那時我後悔了。

我知道唯有被僕人發現，我才能活下去，便蹣跚走到樓梯，滾跌下去。從那兒我又爬到廚房——就待在那兒。

我頭靠著爐灶躺在地上，身旁一張翻倒的椅子，一片橘皮黏在臉頰。等著人們發現我，才能獲救，才能起身收拾殘局（我媽鐵定不高興），走出去，以嶄新勇敢姿態踏入這個美麗世界，開始活！我會隨自己的癖性而活嗎？當然會！勇氣十足地活！與死神擦身而過，我現在一無所懼，不再猶豫膽怯。一旦我被救活，我將熱切徜徉世界，盡情吸收、嗅聞、品嚐，想愛誰就愛誰；撫摸、享用一切。我也將傲然挺立如世間所有美麗事物：譬如在三角樹蔭下作夢踢腿的狗兒；譬如在黑木桌上一粒粒巧奪天工疊起的甜糖金字塔；譬如在綠色圓形山頭上如船駛過的雲朵與曬衣繩上激烈飛舞於風中的彩色襯衫；譬如山下藍紫色清晨即將破曉的市鎮（簡直是春之繆斯的化身），片片綠草含露的庭院花朵怒放——

羅傑・貝文斯三世

我的朋友。

貝文斯。

漢斯・沃門

「貝文斯」有好幾雙眼睛　全部左瞄右看　好幾個鼻子　全部東聞西嗅　他的手（好多雙，不然，就是他的手極快，看起來像是很多）這邊揮揮那邊抓起東西，極端好奇舉到面前

有點恐怖

訴說生平故事時他又長出許多眼睛、鼻子、手　因而整個身體幾乎消失　眼睛像藤蔓上的葡萄　手摸眼睛　鼻子聞手

每隻手腕都有割痕。

威利・林肯[8]

新來者坐在他的養病屋屋頂，驚奇注視貝文斯先生。

漢斯・沃門

偶爾也偷偷驚訝看著您呢。看著您那個頗——

羅傑・貝文斯三世

拜託，沒必要提及——

漢斯・沃門

另一個人（被屋梁砸到的那個）　近乎全身光溜溜　那根腫大到　我沒法轉開視線
走路時跟著跳動
身材像水果布丁　鼻子跟羊一樣扁
近乎全身光溜溜
腦袋一個大凹洞　傷得這麼重　怎麼還能邊走邊說話——

威利・林肯

此時，艾維力・湯姆斯牧師也大駕光臨。

漢斯・沃門

一如素日，湯姆斯牧師跛行奔跑而來，眉毛高聳，不時回頭焦慮張望，怒髮衝冠，嘴巴張開成恐懼的完美O形。但是說起話來呢，和平日一樣，極端平靜有理。

羅傑・貝文斯三世

牧師說，新來的？

漢斯・沃門

貝文斯先生說，我們有幸得識卡羅法官的住戶。

男孩只是呆呆看著我們。

艾維力・湯姆斯牧師

新來者是約莫十、十一歲的男孩。英俊的小傢伙，眨眼警戒注視周遭一切。

漢斯・沃門

就像被沖上岸、無法動彈的魚，驚覺處境無助。

羅傑・貝文斯三世

讓我想起外甥一次摔入結冰河裡，寒氣入骨回家。擔心受罰，沒勇氣進門；我發現他靠在門邊取暖，驚愕，內疚，冷到快麻痺。

沃門先生說，毫無疑問，您感到某種牽引吧？某種渴望？希望離開？到其他地方？比較舒服的地方？

男孩說，我覺得我該等。

貝文斯先生說，他開金口了！

艾維力・湯姆斯牧師

布丁山羊鼻先生說，等什麼？
我說，我媽，我爸。他們馬上就會來接我。
布丁山羊鼻先生悲哀搖搖頭 他的那根也跟著**悲哀**搖晃。
多眼男人說，他們可能會來。但是我不認為他們會接你回去。
那三人全笑了 多眼男人還拍拍他的許多雙手 布丁山羊鼻男子搖晃腫脹的那玩意兒 就連牧師都笑了 儘管笑，他還是一臉恐懼
布丁山羊鼻先生說，他們來了總是待不久。
多眼男人說，還巴望著趕快離開。
牧師說，滿腦袋想著午餐。
春天快來了 我的聖誕玩具都還沒玩呢 我有一個會轉頭的玻璃玩具士兵 還有一個可互換的結繩
再過一陣子花兒就開了 花棚那兒的羅倫斯會給我們一人一杯種子。
我說 我要等

威利・林肯

8 小威利可能因為年幼，講話沒有標點，作者以空格斷句。

10

我看了貝文斯先生一眼。

年輕人不該耽擱的。

漢斯・沃門

我回頭看一塊塊石碑，說：「待我重溫功課。」九歲的馬斯森？只拖延了三十分鐘，就像一聲小小的屁噗地消失了。六歲五個月的杜威爾？來時沒躺在養病箱裡，顯然瞬間就走了。新生兒蘇立文？只耽擱了十二、三分鐘，化成一團哭啼惱怒的光爬走了。母親眼中珍寶、六歲即歿的羅素？只拖延了四分鐘。

羅傑・貝文斯三世

漢斯・沃門

可憐的寶貝。

艾維力·湯姆斯牧師

十五歲八個月，聯袂離開哀傷蔭谷的伊凡斯雙胞胎，只拖了九分鐘，一起走的（直到最後都是雙生子）。十七歲的普西維·史崔特延宕了四十分鐘。十二歲、眾人珍寶的莎利·布吉斯，拖了十七分鐘。

漢斯·沃門

小貝比布蘭達·法藍區。還記得她嗎？
只比一條麵包大一點，躺在那兒，發出黯淡白光與尖銳慟哭。

艾維力·湯姆斯牧師

足足五十七分鐘。

漢斯·沃門

她的母親——因生育美麗的不幸孩兒離世——阿曼達·法藍區，早就走了。

羅傑·貝文斯三世

她們躺在同個養病箱。

漢斯・沃門

看了真是揪心啊。

艾維力・湯姆斯牧師

最終，她還是走了。

羅傑・貝文斯三世

年輕的都該如此。

艾維力・湯姆斯牧師

多數如此，這是自然。

羅傑・貝文斯三世

否則啊。

艾維力・湯姆斯牧師

想像我們有多吃驚，一個多小時後，我們發現小男孩竟還在屋頂期待張望，彷彿在等馬車快快來帶走他。

漢斯・沃門

恕我直言——延宕不走的年輕孩子發出的強烈洋蔥臭氣是不是很濃了啊？

羅傑・貝文斯三世

我們得想想辦法。

艾維力・湯姆斯牧師

11

布丁山羊鼻先生說，孩子，跟我們來，介紹你認識某人。
多眼男人說，你能走嗎？
我可以耶。
可以走　可以奔　可以又走又奔。
稍微能走能奔真好　但是我小屋的箱子裡躺了個討厭東西。
真是令人　不喜。
我能告訴您一件事嗎？
他的臉像蛆。
我說，一條蛆！　跟男孩身體大小相同　穿了我的西裝
恐怖啊。

威利・林肯

男孩似乎想牽我的手，又決定不要，可能怕我覺得他孩子氣。

漢斯・沃門

我們出發，往東走。

羅傑・貝文斯三世

12

嗨，各位好先生。可願聽我說說這山林裡的花朵名字嗎？

伊莉莎白・克勞福太太

克勞福太太跟在我們後面，態度一貫卑屈謙恭：又是鞠躬，又是微笑，畏畏縮縮，拖沓而行。

羅傑・貝文斯三世

譬如哦，這邊哦有野生須苞石竹、野生皇后杓蘭，還有各種野生玫瑰。那裡哦有馬利筋薺、忍冬花，更不要說哦還有藍菖蒲、黃鳶尾，還有哦一大堆哦我現在想不起名字的。

伊莉莎白・克勞福太太

介紹野花時，她還要被住在傾斜長椅的渾蛋榮斯崔騷擾。

羅傑・貝文斯三世

各位先生，容我提醒您我對女裝重要部位的細膩理解：鉤眼扣、針眼、艾立森馬甲綁帶、複雜的「雨日黛西」半長裙。**行色匆匆的各位啊**，這就像剝洋蔥：先鬆開馬甲綁帶、解開扣子、哄騙，直到你終於慢慢抵達戲的重心——女性珍寶，或者說，叢林小洞——為止。

「調情聖手」山姆・榮斯崔

我們繼續前行，他則不斷猥褻摸索克勞福太太，託天之幸，她對這貨的下流意圖無知無覺。

艾維力・湯姆斯牧師

小男孩驚奇不已地跟在我們後面東張西望。

漢斯・沃門

各位如有興致，我將演唱一**小段**愛夫常唱的**歌**。那可配稱得上是哦亞當與夏娃婚禮之**歌**。他在我妹妹的婚禮上**演唱**這首歌。他很喜歡寫**歌**唱**歌**還有——

噢，噢，我到此為止，一步都不想再靠近。

各位先生，再見。

伊莉莎白・克勞福太太

我們來到一片綿延數百碼的無人荒地，邊界是恐怖的鐵圍籬。

漢斯・沃門

有毒界線之後禁止通行。

羅傑・貝文斯三世

我們真是討厭那東西。

漢斯・沃門

川納家女孩跟平日一樣，困陷成一部分鐵圍籬，此刻幻化成某種恐怖烏黑的火爐。

羅傑・貝文斯三世

我不禁想起她第一天來此，幻化成不停轉圈的女孩，連衣裙持續變色。

艾維力・湯姆斯牧師

我大聲呼喚她，請她跟男孩說說這地方對年輕人的戕害。

漢斯・沃門

女孩悶不吭聲。她幻化成的火爐門兒一開一關，我們瞥見裡面的恐怖橘色高熱。

羅傑・貝文斯三世

她很快又幻化成斷橋、禿鷹、大狗、狼吞虎嚥黑色蛋糕的醜惡老婆子、販賣泡水玉米的攤子、被無形強風吹得開花的雨傘。

艾維力・湯姆斯牧師

懇求無效。女孩不肯開口。

漢斯・沃門

我們轉身打算離開。

羅傑・貝文斯三世

男孩似乎感動了她。雨傘變回玉米；玉米變回老太婆；老太婆變回女孩。

漢斯・沃門

她作勢要男孩向前。

羅傑・貝文斯三世

男孩小心翼翼靠近，她以我們聽不見的聲音低語。

漢斯・沃門

13

年輕的布里斯托先生喜歡我，年輕的費羅司先生與戴爾威先生也喜歡我，晚上，他們會在草地上圍坐我身旁，眼睛閃耀著最熱切最美妙的**慾望**。我穿著葡萄色罩衫坐在柳條椅上，被仰慕的火熱眼光圍繞，過一會兒，某個男孩會往後躺，說，**噢**，瞧那星星，我會回說，**噢**，是啊，它們今晚看起來真漂亮，同時（我必須承認）幻想著躺到他身旁，其他男孩看到我注視那位朝後躺的男孩，也會幻想躺到我身邊。

那實在是

然後**母親**叫安妮來找我。

我實在走得太早。太早離開那個宴會，離開

那個光明希望——我的希望是這樣的夜晚持續下去，終究可以累積出一個正確選擇，它會變成**愛情**，**愛情**會產生嬰兒，我所求的不過如此。

我真想要個親親**貝比**。

我知道吶我現在吶沒以前漂亮。也必須承認吶經過這麼長一段時間，我也學會吶以前不知道的字眼

幹雞巴狗屎屁眼幹死從後面幹

而且操雞歪的知道痾我內心的不好角落吶

奔竄著這些吶黑街暗巷痾的語言

並且痾愛上它們

渴望它們啊。

滿心憤怒。

我啥都沒有。啥都沒。

離開得太早

才吶

十四歲

先生請務必再來看我很榮幸認識您

但是幹他媽的您的那些痾老不死的朋友（別再帶他們來）他們來啊就是瞪著我看痾嘲笑我要我說謊**不**這難道不是對我現在所作所為的小小詭異詆毀？我跟他們有何兩樣。不是嗎？我不過是持續不懈，相信呃遲早呃我會回到渴望已久的

如茵綠草般的美貌。

怡麗思．川納

14

離開後，男孩沉默不語。
他說，我也會變成那樣？
沃門先生說，一定的。
牧師委婉說，你已經——已經開始變了。

羅傑・貝文斯三世

我們來到下坡那條泥巴路的起點。

艾維力・湯姆斯牧師

靠近費里。靠近史蒂文斯。靠近聶斯彼特家四個嬰兒以及碑石上的垂頭天使。

羅傑・貝文斯三世

靠近麥司特敦。靠近恩巴西提。靠近方尖紀念碑、三張長椅以及傲慢高聳的梅里岱爾半身雕像。

漢斯・沃門

男孩說，那麼，我想我該聽從各位的話。

沃門先生說，好孩子。

羅傑・貝文斯三世

15

我們在男孩的白石屋門前跟他擁別。

漢斯・沃門

他朝我們害羞一笑，對即將來臨的事並非一無所懼。

艾維力・湯姆斯牧師

貝文斯先生溫柔地說，去吧，這樣對你最好。

漢斯・沃門

沃門先生說，去吧。這裡沒啥好留戀。

羅傑・貝文斯三世

男孩說，那麼再會了。
貝文斯先生說，沒什麼好害怕的。這很自然。

漢斯・沃門

然後就發生那件事。

羅傑・貝文斯三世

非比尋常之事。

漢斯・沃門

該說前所未見。

艾維力・湯姆斯牧師

男孩望向我們的身後。

漢斯・沃門

他似乎瞥見遠處某個東西。

羅傑・貝文斯三世

他的臉快樂光燦。
他說，父親。

漢斯・沃門
艾維力・湯姆斯牧師

16

夜色中，一名異常高大、形容凌亂的男子朝我們走來。

漢斯・沃門

太不尋常了。已過下班時間；前面的鐵門應已上鎖。

艾維力・湯姆斯牧師

男孩今天才送來。因此，這男人應該——

羅傑・貝文斯三世

不久前才來過。

漢斯・沃門

今天下午。

羅傑・貝文斯三世

太不尋常。

艾維力・湯姆斯牧師

那位紳士好像迷路了。好幾次停步左顧右盼，倒退，循原路而回。

漢斯・沃門

輕聲啜泣。

羅傑・貝文斯三世

他沒哭。我的朋友記錯了。他是風砂吹入眼睛。沒啜泣。

漢斯・沃門

他是在輕聲哭。迷路的挫折感讓他哀傷更甚。

羅傑・貝文斯三世

步履僵硬，身形笨拙。

艾維力·湯姆斯牧師

男孩奔出門，衝向那男子，滿臉喜悅。

羅傑·貝文斯三世

神色隨即錯愕，顯然那男子平常會一把抱起他，這次卻沒。

艾維力·湯姆斯牧師

相反的，男孩直接穿過男子身體，後者腳步不停前往白石屋，啜泣。

羅傑·貝文斯三世

他沒哭。相當自制，舉止莊嚴篤定——

漢斯·沃門

他離我們只有十五碼，直直走過來。

羅傑·貝文斯三世

牧師建議我們讓路。

漢斯・沃門

牧師覺得讓人穿過身體至為不妥。

羅傑・貝文斯三世

男子抵達白石屋，用鑰匙開門，男孩緊隨而入。

漢斯・沃門

貝文斯先生、沃門先生與我擔心男孩安危，也跟進去。

艾維力・湯姆斯牧師

那男人幹了一件事——我簡直不知怎麼說——

漢斯・沃門

他塊頭很大。顯然力氣頗足。能夠拉出男孩的——

艾維力・湯姆斯牧師

養病箱。

漢斯・沃門

男子把養病箱從牆槽拉出來，放到地上。

羅傑・貝文斯三世

打開。

漢斯・沃門

他跪在養病箱前，往下看著——

艾維力・湯姆斯牧師

養病箱裡男孩躺臥的軀體。

漢斯・沃門

是的。

艾維力・湯姆斯牧師

這時他哭了。

漢斯・沃門

他本就一直在哭。

羅傑・貝文斯三世

發出一聲心碎啜泣。

漢斯・沃門

或者驚喘。我聽起來比較像驚喘。因認出箱中人而吃驚抽氣。

艾維力・湯姆斯牧師

回憶湧現。

漢斯・沃門

遽然傷逝。

艾維力・湯姆斯牧師

他滿懷愛意撫摸箱中人的臉與頭髮。

漢斯・沃門

顯然，他經常如此，當男孩尚未——

羅傑・貝文斯三世

病重時。

漢斯・沃門

那聲驚詫相認似乎在說：又見面了，我的孩子。面容如昔。我找到他了。我的心頭寶。

艾維力・湯姆斯牧師

至今仍是。

漢斯・沃門

是啊。

羅傑・貝文斯三世

畢竟剛失去沒多久。

艾維力・湯姆斯牧師

17

威利．林肯日漸憔悴。

——艾波斯坦（同前）

憂心忡忡中，日子緩緩過去，他虛弱日甚，像片陰影。

——凱柯莉（同前）

林肯的祕書威廉．史托達記得眾人的欲言又止：「沒救了嗎？醫生說沒希望，一點都沒。」

——摘自《無敵》
桃莉絲．基恩斯．古德溫著[9]

那日下午五點，我在辦公室沙發上打盹，他進來，吵醒了我。他激動哽咽：「尼可賴，我兒子走了——真的走了！」然後失聲痛哭，轉身回辦公室。

——摘自《我與林肯在白宮》
約翰G．尼可賴著[10]，麥克．柏林根編

男孩幾分鐘前才過世。屍身躺在床上，被褥掀開。他穿著淡藍色睡衣。兩手放在身側。臉頰仍因高燒通紅。地上扔了三個枕頭。小小的床頭櫃被粗魯推到一旁。

——摘自《歷史見證者：林肯在白宮》
引述女僕蘇菲．蘭諾克斯
史東．席亞德編

我幫忙他洗身、換衣服，把他放回床上。林肯先生進來，我從未見過有人因哀傷而如此消沉。他走到床邊，掀起兒子臉上的蒙布，疼愛注視許久，懇切低語：「我可憐的孩子，世間不配擁有他這樣的好孩兒。上帝召他回家了。我知道他在天上會比較好，但是我們實在太愛他。他的死亡實在是、實在是難以承受！」

——凱柯莉（同前）

他是父親最愛的孩子。兩人非常親近，經常手牽著手。

——凱柯莉（同前）
引述納撒尼爾．帕克．威利斯[11]

不管是魅力個性、天賦、品味，他都是父親的翻版。

——摘自《林肯的兒子們》

露絲・潘特・蘭道爾著[12]

孩子中，林肯對威利的寵愛期許最高；他是他的一面小鏡子，不是嗎？

——摘自《總結：圈內人對艱困時代的記憶》

泰隆・菲利蘭著

人們深愛孩子，希望他們的人生有甜無苦，還覺得他們的特點，無論是逞強與柔弱之處、說話的習慣、含混不清的咬字、腦袋與頭髮的氣味、小手握在掌心的感覺，在在獨一無二。然後他們死了！被帶走了！這樣的殘酷惡行竟然發生在原本充滿善意的世間，令人如遭雷殛。此種世間最棒的愛誕生於虛無，現在，它的源頭化為烏有，你尋尋覓覓，痛苦渴望，這份愛遂變成難以想像的深淵苦痛。

——摘自《論喪子》

羅絲・米蘭德太太著

他跟護士坦白：「這是我人生最艱難的試煉。」然後，這個被憂慮與哀傷壓垮的男人叛逆大喊：「為什麼？為什麼？」

——摘自《亞伯拉罕・林肯：男孩與男人》
詹姆斯・摩根著

小威利的言行容貌真是林肯先生的翻版，就連腦袋微微傾斜左肩頭都一樣。

——柏林根（同前）
引述春田市鄰居

他大聲哽咽不能語，埋首雙手裡，高大的身體激動抽搐。我站在床腳，淚眼盈眶，驚奇無言看著這個男人。他哀傷喪志不知所措，變成軟弱被動的小孩。我不敢相信性格堅毅的他會如此情緒激動。我永遠不會忘記那個嚴肅時刻——一個偉大的天才因為失去愛的膜拜對象而哭泣。

——凱柯莉（同前）

9《無敵：林肯不以任何人為敵人，創造了連政敵都同心效力的團隊》(*Team of Rivals: The Political Genius of Abrahim Lincoln*, 2005)；桃莉絲‧基恩斯‧古德溫 (*Doris Kearns Gooduin*, 1943-)，美國傳記作者、歷史學家、政治評論家。

10《我與林肯在白宮》(*With Lincoln in the White House: Letters, Memoranda, and other Writings of John G. Nicolay*, 1860-1865, 2006)，約翰 G．尼可賴 (John G. Nicolay, 1832-1901)，德裔美國傳記作者，林肯的祕書。麥克‧柏林根 (Michael Burlingame, 1941-) 美國歷史學者，林肯研究專家。

11 納撒尼爾‧帕克‧威利斯（Nathaniel Parker Willis, 1806-1867）美國詩人、作家、編輯，林肯時代待遇最高的雜誌撰稿人。

12《林肯的兒子們》（*Linoln's Sons*, 1955）；露絲‧潘特‧蘭道爾（Ruth Painter Randall, 1892-1971），林肯研究者。

18

威利・林肯是我見過最可愛的小孩，聰明，理智，甜蜜，溫柔。

摘自〈泰德・林肯的父親〉
茱利亞・塔夫特・拜恩著[13]

他是你為人父母前最常幻想要的那種小孩。

蘭道爾（同前）

他的自制——法國人所謂的阿樸儂（aplomb）——非比尋常。

威利斯（同前）

他的頭腦活潑好奇又認真；他的氣質親切熱情；他的天性善良慷慨；他的言談舉止溫柔又富吸引力。

威利・林肯的葬禮悼詞
刊載於《伊利諾州日報》
芬尼斯・D・葛里撰[14]

每次他都能在人群中找到我，跟我握手，親切交談；他才不過十歲，就算不熟，你也會喜歡他。

威利斯（同前）

威利常穿灰色的寬大衣裳，風格跟時髦母親們喜愛的捲髮甜心寶貝大不同。

摘自〈林肯夫人的真實面〉

羅拉・席林（筆名霍華・葛林登）著[15]

一天，我經過白宮，看到他跟同伴在路邊玩耍。蘇華特先生[16]、拿破崙親王與兩名隨從正好乘馬車抵達；國務卿先生顯然與這孩子相當親密，這位要員以開玩笑的方式脫帽向我們的**總統公子**行禮致敬，拿破崙親王也一樣。面對如此大禮，威利絲毫不感震懾，挺直身體，冷靜優雅地脫下他的小帽子，臉朝下，鞠躬，像個小大使。

威利斯（同前）

他的臉散發感情與智慧，耐人尋味，陌生人提起他，都把他當小紳士。

席林（同前）

不難想見這麼有天賦的孩子會在短短的十一歲人生裡如此緊緊牽扯熟識者的心。

葛里（同前）

陽光男孩，可愛，直接，敞開雙臂擁抱世間的魅力。

摘自《他們認識林肯家男孩》
卡蘿・卓賽爾著
引述賽門・韋伯

甜如馬芬鬆餅的小傢伙，圓臉，白膚，一撮長長的瀏海經常垂落眼前，害羞或大受感動時，會忍不住急速眨眼：眨啊眨啊。

摘自《總統家的小男人》
歐波・史堅格納著

碰到小小的不公不義，他立刻沉下臉，憂心關切，眼淚盈眶，彷彿在這個不幸事件裡，他直覺窺見了更大不義。一次，某個玩伴用石頭砸死一隻知更鳥，用兩根棍子當鉗子撐開帶來。威利對那男孩甚不客氣，搶走鳥兒去埋，之後整天安靜落寞。

摘自《林肯逝去的天使》

賽門．艾維納斯著

他最大的特點似乎是大無畏與善良坦誠，總願世事應該如其然、得其所，但仍單純不改其志。我忍不住要觀察他，那是美好童年的甜蜜煩惱，神給世間的罕見福佑。

威利斯（同前）

葬禮後沒多久，葛里博士私下說，威利有六元儲蓄，放在五斗櫃裡，死前，威利拜託他把錢捐給傳道會。

昆哈特與昆哈特（同前）

新家的富麗堂皇難掩他的勇敢美好，他只做自己。就像草原的野花被移植到暖房，仍保有草原之性，至死不改他的樸質與純粹。

威利斯（同前）

幾個月後，我幫林肯夫人整理舊衣裳，在外套口袋裡發現一只揉成一團的小手套。回憶翻湧，我忍不住哭了。我永遠不會忘記這個甜蜜的小男孩。

席亞德（同前）
引述蘇菲・蘭諾克斯

他並不完美；記住，他只是個小男孩。他也會瘋，也會皮，也會鬧脾氣。畢竟是個男孩。但是我必須說，他真是個好男孩。

席亞德（同前）
引述管家D・史壯佛特

13〈泰德・林肯的父親〉（*Tad Lincoln's Father*），刊載於一九二四年五月號《大西洋月刊》。茱利亞・塔夫特・拜恩（Julia Taft Bayne, 1845-1933），威利・林肯的童年玩伴。泰德・林肯（Thomas Tad Lincoln, 1853-1871），林肯的第四個兒子，死於心臟衰竭。

14 芬尼斯・D・葛里（Phineas D. Gurley, 1816-1868）美國國會牧師。

15〈林肯夫人的真實面〉（*The Truth About Mrs. Lincoln*）刊於*Independent* 34, no. 1758（1880, 8）；羅拉・席林（Laura Searing, 1839-1923）是美國聽障女詩人，記者，以霍華・葛林登（Howard.Glyndon）筆名寫作，最早是《聖路易共和人報》派駐華盛頓報導內戰的記者，後任職《紐約時報》。

16 蘇華特（William Henry Seward, 1801-1872），林肯時代的國務卿。

19

近午時分，總統與夫人、羅伯特[17]下樓來，跟他們逝去的摯愛最後一次在這屋裡相處。他們不希望此次與已逝孩兒、兄弟的哀傷相聚有外人在場。他們待了約莫半小時。屋外是本市多年首見的狂風暴雨，屋內則是與之不相上下、幾乎同步的悲愴風暴。

摘自《見證年輕共和國：北佬日記一八二八—一八七〇》
班傑明．布朗．法蘭區著[18]
D．B．寇爾與J．J．麥克當納編

這家人與死者閉門相處的半小時裡，閃電劈過黑暗天空，雷聲如砲火恐怖，屋內陶器為之震動，狂風從西北面灌入。

艾波斯坦（同前）

那晚，站在寬敞門廳就能聽見巨大哀號，來自林肯夫人死氣沉沉歇躺的臥房；總統的呻吟也低沉可聞。

摘自《我在白宮的十年》

——艾略特·史登萊特著

時隔一個半世紀，思及那個憤怒難信、哀傷嚎啕、震驚激動的可怕場面，依然覺得冒犯了他們。

——艾波斯坦（同前）

就寢時分，通常威利會打鬧說笑，林肯先生似乎此刻才領悟他的死不可逆轉。

——摘自《終生為僕的回憶擇記》
史丹利·荷納著

子夜，我進去問他要不要吃點東西。吃驚於他的模樣。頭髮蓬亂，臉色蒼白，淚痕未乾。我訝異於他的激動，擔心他若得不到紓解會怎樣。不久前，我才去賓州參觀一個煉鐵廠，他們展示氣閥給我看；我覺得總統的狀態也需要一個氣閥。

——席亞德（同前）
引述管家D·史壯佛特

17 此處指 Robert Todd Lincoln，林肯的長子。

18《見證年輕共和國：北佬日記，1828-1870》（*Witness to the Young Republic: An Yankee's Journal,* 1828-1870）（1989）。班傑明・布朗・法蘭區（Benjamin Brown French, 1800-1870），林肯政府官員，參與國會大廈與首都擴建工程。

20

形容凌亂的紳士正在擺弄小小的病體，摸摸他的頭髮，拍拍那雙蒼白如洋娃娃的小手，重新擺放。

羅傑·貝文斯三世

男孩在旁不斷急切懇求父親看他，激動拍打父親。

艾維力·湯姆斯牧師

紳士顯然沒聽見。

羅傑·貝文斯三世

然後這個令人憂懼的不得體場面越加失控——

漢斯・沃門

我們聽到牧師猛抽一口氣。雖然他總是面露驚慌，其實一向鎮定。

羅傑・貝文斯三世

牧師說，他要抱那孩子了。

漢斯・沃門

真的。

他將男孩的小身體抱出——

羅傑・貝文斯三世

養病箱。

漢斯・沃門

那人彎腰，將男孩的小身軀抱出箱子。他的體態雖魯拙，姿態卻優雅，坐在地上，將男孩抱在懷中。

羅傑・貝文斯三世

他腦袋埋到胸口，啜泣，初時零落一二聲，繼而毫不保留，盡情宣洩。

艾維力・湯姆斯牧師

男孩在旁奔來跑去，憤怒挫折。

漢斯・沃門

足足十分鐘，那人抱著——

羅傑・貝文斯三世

孩子的病體。

漢斯・沃門

男孩未獲應得的注意，氣急敗壞，走過來貼著父親，後者繼續抱著輕搖那個——

艾維力・湯姆斯牧師

病體。

漢斯・沃門

一度我感動到無法卒睹，轉頭，卻發現我們不是僅有的觀眾。

羅傑・貝文斯三世

外面擠了一堆人。

艾維力・湯姆斯牧師

鴉雀無聲。

羅傑・貝文斯三世

男人持續輕搖他的孩子。

艾維力・湯姆斯牧師

男孩則安靜靠在身旁。

漢斯・沃門

紳士開始說話。

羅傑・貝文斯三世

男孩熟稔抱住父親脖子，大概經常如此，身體靠得更近，腦袋貼著腦袋，以便聽得清楚些——

漢斯・沃門

男孩挫折難耐，開始——

羅傑・貝文斯三世

進入自己的身體。

漢斯・沃門

的確。

羅傑・貝文斯三世

男孩開始進入自己身體；沒多久，就整個沒入，此時，男子再度啜泣，好像能感覺懷中軀體的改變。

艾維力・湯姆斯牧師

此景太傷感，太私密，我離開現場，踽踽獨行。

漢斯・沃門

我也是。

羅傑・貝文斯三世

我則留下，目瞪口呆，口中不斷唸禱。

艾維力・湯姆斯牧師

21

父親對著蛆蟲的耳朵說：

親愛的威利，我們是如此相愛，現在為了不明原因，這種情感的相連被斬斷了。但是沒有人可以斷開我們的父子連心。孩子，只要我還活著，你永遠會在我心頭。

然後他哭了

親愛的父親哭了　看了真痛心　不管我怎麼拍他親他安慰他，都沒用。

他說，你帶給我們歡樂。請記住，你是我們的歡樂。分分秒秒，歲歲年年，你都是——你很棒。

真高興我們得識此種快樂。

他跟那條蛆蟲說這些話！　真希望他是對著我說　真希望他是看著我　我想好吧，管他的，我會讓他看見我　所以我進入那蛆蟲　一點也不麻煩　沒錯　好像我屬於那裡

在蛆蟲的身體裡被緊緊抱著，我現在也成為父親的一部分

清楚知道他的感覺

能感覺他放在地上的長腿　能知道長了鬍鬚的滋味　能察覺嘴裡的咖啡　我無法逐字描述他的思想

但大約如下：抱他在懷感覺真好。是的。這有錯嗎？褻瀆嗎？不，不，他是我的，他是我們的，就此，我有權主宰此事；與他相關的事，我有權決定何者最好。抱著他對我有好處。我重新記起他。記起他是誰。不知怎的，某些東西我已忘記。現在：我記起他的四肢體態，他的衣服仍然散發他的味道，他的髮絡在我的指縫間，他的重量如此熟悉，跟他在客廳睡著後我抱他上樓時的重量一樣——

於我有益啊。

我相信如此。

這是個祕密。我的祕密弱點，但是它能支撐我，得到支撐，我更可能完成其他任務；也會提早結束我的脆弱階段；於人無傷；也就沒錯，離開前，我下定決心：我將經常回來，不讓人知曉，在此得到助益，直到不需要為止。

父親的頭靠著我。

他說，親愛的孩子，我會再來。我保證。

威利·林肯

22

大約半小時後，形容凌亂的男子離開白石屋，蹣跚沒入黑暗裡。

我進入石屋，看到男孩坐在角落。

他說，我的父親。

我說，是的。

他說他還會再來。他保證。

我發現自己無比感動。無法解釋。

我說，奇蹟啊。

艾維力．湯姆斯牧師

23

在此報告子夜一時左右林肯總統來到大門要求放行由於他是總統並非無足輕重人物我不知如何是好只好放行湯姆雖然根據規定一旦大門上鎖得等到天亮才能打開但這是總統大人的要求對我來說真是進退兩難此外如同前面所說夜色已晚我已經昏沉沉加上昨日跟我家菲立普瑪麗小傑克在公園玩太瘋因此有點累湯姆我承認我在你的桌上打了盹。沒有請問總統他來此有何貴幹之類的只是當我們四目相望他給我一個坦白友好卻傷痛的眼神好像在說我的朋友我知道這很不尋常我沒法拒絕那雙渴求的眼睛他的孩子今天才下葬如果同樣的事發生在湯姆你的蜜雪兒或者我的菲立普瑪麗小傑克身上唉多想無用。

他沒有車伕陪同獨自騎一匹小馬到達讓我有點吃驚他畢竟是總統呀他的雙腿很長馬很矮好像一隻真人大小的昆蟲附在那可憐的馬上總統下馬後牠顯得好累好卑微直喘氣好像在說回去後要是其他馬兒還沒睡要跟牠們說這件驚奇事這時總統跟我要卡羅法官墓窖的鑰匙我照吩咐給他看著他跨步離開真希望我剛剛曾禮

貌提議借他一盞燈因為他沒帶燈就像朝聖者踏上無路可尋的沙漠步入陰森黑暗裡湯姆這真的好悲哀啊。

湯姆奇怪的是他已經走了許久。落筆此刻尚未回來。湯姆他去了哪裡？該是迷路了。不是迷路就是跌倒摔斷什麼躺在地上哀叫。

但是我剛剛出去張望沒聽到叫聲。

此刻他在哪裡湯姆我不知道。

或許獨自盡情大哭後在林子裡某處喘息？

——橡樹丘墓園守夜人日誌（一八六〇－七八）

傑克・曼德斯寫於一八六二年二月二十五日晚

由愛德華・桑司拜先生安排取得之口述

24

難以描繪此次造訪為我們社區注入多少生氣。

漢斯・沃門

多年不見之人紛紛走出來、爬出來，害羞擰著雙手，站在那兒，不可置信，快樂。

艾維力・湯姆斯牧師

素未謀面者急切初露面。

羅傑・貝文斯三世

誰想得到艾登史東竟是穿綠衣的矮個子，假髮歪斜。誰想得到克洛芙威兒高如長頸鹿，戴眼鏡，拿著一本她寫的雜記。

漢斯・沃門

一整天，大家都說奉承話，笑容滿面，恭恭敬敬，歡聲迴盪，熱情招呼。

羅傑・貝文斯三世

男人在二月的高懸月頭下穿梭，讚美彼此的衣著，擺出熟稔姿勢：踢泥巴啊，扔石頭啊，躲拳頭啊。女人彼此握手，揚著臉，互稱親愛的，美人兒，在樹下小憩，交流著匿居多年不曾展現的奇特自信。

艾維力・湯姆斯牧師

實情是：大家很快樂；他們重識何謂快樂。

漢斯・沃門

因為想到，想到，居然有人——

羅傑・貝文斯三世

從那個世界——

漢斯．沃門

那個世界裡居然有人會屈尊——

羅傑．貝文斯三世

撫摸才是罕見。

艾維力．湯姆斯牧師

那個世界的人來訪並不罕見。

漢斯．沃門

噢，他們可是常來呢。

艾維力．湯姆斯牧師

帶著他們的香菸、花圈、眼淚、皺綢衣裳、大馬車、黑馬在大門頓足。

羅傑．貝文斯三世

他們的耳語與不適，以及與我類毫無關係的扯淡。

艾維力・湯姆斯牧師

他們的溫暖肌膚、熱呼氣息、濕潤眼珠與溫暖生熱的內衣。

羅傑・貝文斯三世

討厭的鏟子隨便靠在我們的樹木上。

艾維力・湯姆斯牧師

但是撫摸。我的天！

漢斯・沃門

倒不是說他們都不碰我們。

羅傑・貝文斯三世

喔，沒錯，當他們把你塞入養病箱，他們會碰你。

漢斯・沃門

照他們喜歡的樣子給你穿衣。如有必要，給你縫幾針，塗抹你的臉。

羅傑・貝文斯三世

一旦滿意了就絕不再碰你。

漢斯・沃門

可是瑞文登。

艾維力・湯姆斯牧師

他們倒是又碰了瑞文登。

羅傑・貝文斯三世

但是那種碰觸——

漢斯・沃門

沒人想要。

艾維力・湯姆斯牧師

他的石屋頂漏水。養病箱受損。

羅傑．貝文斯三世

大白天，他們把它拖出來，打開蓋子。

艾維力．湯姆斯牧師

那是秋天，葉子覆蓋這可憐傢伙。他是體面人。銀行家。宣稱擁有一棟豪宅，位於——

漢斯．沃門

他們把他拉出養病箱——砰地！——扔進新箱子。還笑問痛不痛啊，如果痛，要不要申訴啊？然後他們在那兒慢慢抽菸，可憐的瑞文登（一半身體還在養病箱外，腦袋歪斜成很不舒服的角度）不斷微弱請求他們好心點，把他放回比較端正——

艾維力．湯姆斯牧師

那種碰觸——

羅傑．貝文斯三世

敬謝不敏。

漢斯．沃門

但是這種——大不相同。

羅傑・貝文斯三世

擁抱，留戀，對著你的耳朵低語傾訴好話？我的天！我的天！

艾維力・湯姆斯牧師

被人如此鍾愛地碰觸，如此疼惜，好像你還——

羅傑・貝文斯三世

還很健康。

漢斯・沃門

好像你還是值得鍾愛與尊重。

真是振奮人心。給了我們希望。

艾維力，湯姆斯牧師

或許我們未如想像的乏人憐愛。

羅傑・貝文斯三世

25

請別誤會。我們也曾是人**父**人**母**。有的娶妻多年，地位顯赫，抵達此地的第一天陣仗龐大到圍籬都得拆下。我們有的是年輕妻子，生產時移轉到此處，分娩的赤裸痛苦剝除了我們的溫柔本性，留下苦苦思念我們的丈夫，被分娩最後時刻的恐怖深深折磨，想到我們就此墜入痛苦形成的恐怖黑洞，他們終身無法再愛。我們有的是體型魁梧、個性溫和滿足的男人，步入青年時代就領悟自己的平凡，欣然接受，而後調整人生的重心（彷彿那是一種重責大任）——如果我們不能做*偉人*，就該做*有用之人*；我們將成為善良的有錢人，以俾成就好事。我們雙手插在口袋裡，注視這個被我們改善一二的世界打身邊走過：某個窮女孩不愁粧奩了；某個窮童的教育費得到祕密挹注。我們有的曾是深獲主人喜愛的可親僕人，每日在主人出門辦大事前，都會說笑些打氣的話。我們有的曾是祖母，包容又坦直地接納某些黑暗祕密，不帶批判地聆聽，心照不宣地寬宥，為孫兒們帶來一絲陽光。我的意思是我們曾經*舉足輕重*。我們曾經*被愛*。不寂寞，不迷失，不荒誕，各有各的智慧。我們的離去帶來傷痛。讓愛我們的人抱頭頹坐床上。或者趴在桌上發出動物般的嗚咽聲。我敢說，我們不僅被愛，即便歲月流逝，也依然被追憶，人們思及我們，會因快樂的回憶短暫面露微笑。

艾維力·湯姆斯牧師

但是。

羅傑·貝文斯三世

沒有人會到這兒來抱我們，溫柔說話。

漢斯·沃門

從來沒有。

羅傑·貝文斯三世

26

沒多久，人海便團團圍住白石屋。

艾維力・湯姆斯牧師

大家擠向前，逼問男孩細節：被那樣抱著感覺如何？那位訪客真的答應再來？他有說男孩的基本處境可望改善嗎？如果有，會惠及我等？

羅傑・貝文斯三世

我們要什麼？我們想要那男孩接見我們。我們要他的福庇。我們想知道這個神佑的孩子對我們滯留此處的各自理由有何想法。

漢斯・沃門

老實說，滯留此地者眾，人人——就連最堅強的——均不免質疑自己的抉擇是否明智。

羅傑·貝文斯三世

那位紳士對男孩的鍾愛關注讓他地位陡升，我們都渴望與他攀上關係。

艾維力·湯姆斯牧師

與這位新冠冕的王子。

羅傑·貝文斯三世

瞬間，等著跟男孩說話的隊伍已經排到艾維菲德的棕黃色沙岩屋。

漢斯·沃門

27

我長話短說。

珍・艾利斯

我懷疑。

愛比吉兒・布萊列斯太太

布萊列斯太太，拜託。人人都有——

艾維力・湯姆斯牧師

「一次聖誕節期，爸爸帶我去參加很棒的村裡慶典。」嗯。

愛比吉兒・布萊列斯太太

大家別擠。排好隊。人人都有份。

漢斯・沃門

她嘮叨個沒完，凡事都要排第一。請告訴我，她憑什麼有此待遇——

愛比吉兒・布萊列斯太太

布萊斯太太，您也可以學習一二。看看她的儀態。

漢斯・沃門

多麼冷靜。

艾維力・湯姆斯牧師

衣著多乾淨。

羅傑・貝文斯三世

各位？

我可以開始了嗎？

一次聖誕節期，爸爸帶我去參加很棒的村裡慶典。一家肉店門口掛滿漂亮的屠體：鹿的內臟拉出來，用鐵絲纏繞屠體身上，好像極其鮮紅的花環；野禽與公鴨頭朝下倒掛，用絨布裹起的鐵絲撐起雙翼，絨布顏色搭配牠們各自的羽毛（手藝好巧啊）；兩隻豬分站大門兩側，小春雞像迷你騎士站在牠們的背上。整家店用綠色枝葉妝點，懸掛蠟燭。我穿白色衣裳。我是個漂亮的白衣小孩，兩條長辮垂在背後。高興起來就甩啊甩。我不想離開，鬧了脾氣。爸爸為了安撫我，買了一頭鹿，讓我幫忙把鹿綁在馬車後面。到現在我都還記得那一幕：黃昏霧色裡，鄉間道路在我們背後不斷延伸，軟綿綿的鹿沿途滴下薄薄的血跡；當我們爬上新木搭成的小橋回家，橋兒吱嘎，星兒探頭，溪水淙淙噗響——

珍・艾利斯

嗯。

愛比吉兒・布萊列斯太太

我覺得自己是新品種小孩。（當然）不是男孩，也不（只）是女孩。那種困在裙子裡成日穿梭奉茶的族類跟我毫無關係。

要知道，我對自己期許甚高。

世間疆界無限遼闊。想像中，我將走訪羅馬、巴黎、伊斯坦堡。出入地下咖啡館，背靠濕漉牆壁，跟（英俊又慷慨大度）朋友暢談許多事。有深度的事。新想法。奇特綠光照亮街頭，鄰近海浪拍打斜斜高起的泊船處；時局動盪，有革命，我跟我的朋友勢必會捲入——

唉，世事總難盡如人意，我的期許……並未實現。我的丈夫既不英俊也不慷慨大度。十分乏味。

不粗暴但也不溫柔。我們沒去羅馬、巴黎、伊斯坦堡，只是不斷往返費爾法克斯探訪他的老母。他似乎對我視而不見，只想擁有我；認定我「蠢笨」時（經常如此），就會對我抖動短塘鱧一樣的鬍鬚。他生性愛抱怨，總妄想自己是陰謀受害者，未受尊重，進而在小事上與人起爭執，然後就被開除。如果我針對他的事業未能更上竿頭發表中肯有價值的評論，他只需抖抖鬍鬚，宣稱我是「婦人之見」就解決了。聽到他吹噓他的「睿智言論」如何震懾某個低階公務人員，實在是可忍孰不可忍。當時，我也在現場親聞，目睹公務人員夫婦對這個浮誇小人物幾乎是忍俊不住。我曾經是漂亮的白衣小孩，胸懷羅馬、巴黎、伊斯坦堡，當時我並不知道我只是「次等人類」，「女人爾爾」。到了晚上，當他對我使出那種我再也熟悉不過的眼神，意指：「女士，準備好，我馬上要爬到妳身上，臀部與舌頭齊發，小鬍鬚不斷繁殖，覆蓋妳的七竅，簡單說，晚點我還會再騎妳，等妳口出美言，」我實在受不了。

然後小孩降臨。

是的。三個好棒的女孩。

我在這些女孩身上找到我的羅馬、巴黎、伊斯坦堡。

他對她們一點興趣都沒，除非是拿來抬高身價。一點小錯便嚴苛教訓這個女兒，對怯生生提出意見的另一個女兒嗤之以鼻，大聲傳授眾所周知之事（譬如，「女兒啊，月亮高掛在星星間」），好像那是他剛剛才成就的大發現——然後環顧四周，看看自己的男子氣概是否讓路人肅然起敬。

珍．艾利斯

提醒您。

我們好多人在等咧。

愛比吉兒・布萊列斯太太

我不在時，

他能照顧她們嗎？

卡薩琳快上學了。誰能確保她沒穿錯衣裳？瑪麗白腳不好，自卑，常常淚汪汪回家。她要跟誰哭訴啊？愛麗斯有點緊張，因為她剛交出一首詩。那詩寫得不是很好。我原本打算讓她讀莎士比亞與但丁，一起寫詩。

這段休息時間。她們在我心中更顯珍貴。幸好，這只是個小手術。也是難能的機會讓一個人可以停住腳步，好好地檢視她的——

珍・艾利斯

艾利斯太太是高雅莊嚴的女士，身旁總有三個凝膠圓球飄浮圍繞，裡面各包了一個類似她女兒的東西。有時這些圓球會脹到極大，壓在她身上，擠出她的血與其他體液，她則在它的恐怖重量下扭動，咬牙不叫，因為喊叫代表不悅，有時這些圓球會飄得老遠，她又極端痛苦，四處尋覓，找到了，就如釋重負掉眼淚，然後它們會再度壓到她身上；對艾利斯太太來說，最痛苦的莫過某個圓球會突然在她面前變成真人大小，完全透明，她能清楚辨識女兒的衣服、面容、表情、姿態諸種細節，女兒會跟她傾訴自己近來碰到的困難（尤其是艾利斯太太突然離家之後）。艾利斯太太會慈愛地以同情口吻提供自己的敏銳判斷，唉，那孩子卻視而不見，聽而不聞（就是這樣才折磨人），在艾利斯太太面前沮喪爆發膨脹，那可憐的女人只好拚命逃，躲避圓球。而那圓球呢？可說是以惡虐的聰智在後追趕，能夠預期她的每一步，不斷衝到她眼前。就我所知，這種時候，艾利斯太太可是想要閉眼都沒辦法。

艾維力・湯姆斯牧師

有些日子，她碰見的每個人都幻化成有腳的巨大鬍髭。

漢斯・沃門

是的。她真的處境艱難。

羅傑・貝文斯三世

沒那麼難過。她很有錢。

聽她講話就知道。

愛比吉兒・布萊列斯太太

小紳士，我能跟您討個——恩惠嗎？

珍・艾利斯

死假掰。

愛比吉兒・布萊列斯太太

如果您獲准回到先前世界，能幫我檢查卡薩琳的衣著，安慰一下瑪麗白，告訴愛麗絲第一次嘗試失敗不是罪惡嗎？跟她們保證我來到此地後時時想著她們，想方設法要回家，就算空氣不存，我也會想著她們，除了她們，沒有——

珍・艾利斯

我很冷靜，說，您儘管把錢拿走。

麥斯威爾・波西先生

我又被插隊？因為我很瘦小嗎？

愛比吉兒・布萊列斯太太

或許是因為您很髒。

羅傑・貝文斯三世

我住得離地底很近，先生。相信您也——

愛比吉兒・布萊列斯太太

您的拖鞋髒黑到極點。

羅傑・貝文斯三世

我很冷靜，說，您儘管把錢拿走。
先生，也拜託您保持冷靜。據我所知，我倆並無仇恨。讓我們把這當作單純生意。我把皮夾交給您，之後，得到您的允許，我便離開——
不要啊，不，不。
不要啊，不，不。
您這樣做完全不合理，錯誤——
星兒低垂，視線裡，屋頂模糊。
我被ㄘ了。

麥斯威爾・波西先生

現在輪到您了，布萊列斯太太。

羅傑・貝文斯三世

布萊列斯太太，孤寒惡名在外，骯髒，白髮，矮小（比貝比還小），每晚四處奔逐，啃咬石頭樹枝，蒐羅此類東西環繞自己，狂熱捍衛，漫漫長夜，反覆清點她的貧瘠收藏。

艾維力・湯姆斯牧師

終於有機會在興高采烈的群眾面前跟男孩說話，這位小老太婆突然怯場了。

漢斯・沃門

我想您要說您在第一銀行有一千三百元？

艾維力・湯姆斯牧師

是的。

謝謝您，牧師。

我在第一銀行有一千三百元。在樓上的某個房間（我不會明說是哪間），我有四千金幣。我有兩匹馬、十五頭羊、三十一隻雞、十七件衣裳，總價大約三千八百元。不過我是寡婦。貌似富裕實則貧蹇。浪潮只退不進啊。滾下山的石頭不會往上爬。因此您應能理解我為何不思鋪張浪費。現在我有四百根樹枝、六十顆不同大小的卵石、兩塊鳥屍，以及無數塵埃。就寢前，我會清數我的鳥屍、塵埃、樹枝、石頭，咬咬看它們是否為真。醒來，我經常發現少了一些。證明此地有賊，也證實許多人嚴苛批評我的嗜好有理（我知道他們確實批評我）。但他們不是老女人，不似我體衰力弱，敵人環繞，浪潮只退不進，不進啊……

愛比吉兒·布萊列斯太太

還有一大堆人在等　一眼望去　黑黑灰灰一大片動來動去　他們在屋外月光下推擠，踮腳張望

我

擠進門來的臉孔聒聒訴說　悲哀的　這個那個　沒人心滿意足　個個都是被誤解　錯待　忽略　漠視

許多人穿老式的毛線腿套戴假髮以及

威利·林肯

我穿上喜氣的紅色**絲絨外套**穿過開滿鮮豔**花朵**的**樹籬**，我**正值壯年**，**體態**甚佳。目睹之人莫不**景仰**。**鎮上男人**瞧見我**靠近**便瞠目結舌，我的**黑炭**看到我**經過**就心生敬畏，連忙閃到一旁。

我想跟這位**鄉巴佬小孩**說的就是這個。

無數次**夜**裡，我強逞**性慾**，盡情**發洩**；發洩在我的好**老婆**身上，如果她不樂意，就發洩在我的**黑炭**們身上，稱她們**黑炭**是因為她們的確漆黑如**夜**，就像**一堆堆**的**炭**，她們也會在夜裡給我足夠的**溫暖**。我只需要**抓住**一個**年輕女黑炭**，**漠視**她的**黑炭男人**哭喊，就——

希賽爾·史東中尉

拜託呃。

漢斯・沃門

他今晚可精神了。

羅傑・貝文斯三世

中尉，謹記：他還是個孩子。

漢斯・沃門

當眾貶低**黑炭男人**是**好**事，**話**傳出去，他們會較**守**規矩，第二**天**工作，就連最**龐然魁梧**的**黑炭**也不敢抬起**眼睛**，因為我是那個拿**鞭子**跟**手槍**的人，每個**黑炭**都知道**觸怒**我，當**晚**就得付出極大**代價**，**觸怒我**的代價將會落在他**所愛之人**身上，我會一腳踢開**門**把他的**女人**拖到我的**臥房**，夜間**娛樂**於焉**展開**，那**黑炭**得**發熱**給我**取暖**。之後，我的**田裡**便鴉雀**無聲**，一聲**令**下，**幾十雙手**搶著去**辦**，泛黃的**疲憊**眼睛還要偷瞄我是否**注意**到他們的努力，會不會**放過**他們與家人，別拿他們**取樂**。

就這樣，我讓那些**黑炭**變成我的**盟友**，讓他們彼此**為敵**。

希賽爾・史東中尉

在這種充滿侵略性的自信階段，加上吹噓篤定的推波助瀾，史東中尉的身體會垂直不斷上伸，怒髮衝冠。由於體積不變，不斷拉高讓他變得很薄，某些部位只有鉛筆粗細，聳立如此地最巍然的松樹。語畢，他會縮回原有比例，成為正常體型的男子，打扮入時，但是一口爛牙。

艾維力・湯姆斯牧師

小紳士，我跟我的小女士可以趨前嗎？

艾迪・拜朗

呃，不行。不。不行。現在恐怕不行——

艾維力・湯姆斯牧師

X的！

貝絲・拜朗

人人有份！這可是你說的！

艾迪・拜朗

我們想說的是，我們原本就沒地位，後來就更低賤了——

貝絲・拜朗

我們被瑞典人一腳踢出G地後，根本懶得把我們那些X的狗屎好東西帶到河邊那個狗屎X地方。

艾迪・拜朗

河邊那個狗屎X地方X的小爛門，我們的漂亮沙發根本擠不進去。

貝絲・拜朗

比起我們在G地家的X的門，我根本不認為河邊那個狗屎X地方的X小爛門配稱得上門。我們原來那個門多好啊！河邊狗屎X地方的X小爛門如果看到我們在X地X的那個氣派的門，根本不敢說自己是門。

儘管如此，我們在那裡的日子還是很樂。

艾迪・拜朗

河邊的日子。

貝絲・拜朗

大家渾身浸濕，抽廉價雪茄大吃X的大喝什麼的。還記得那個契斯尼斯基一直想要正確唸出「波多馬克河」嗎？

艾迪・拜朗

貝絲・拜朗　大家朝河邊洗衣婦扔石頭。

艾迪・拜朗　妳還記得那個叫什麼丹丁尼的差點淹死？然後，B上校救醒他，丹丁尼第一句話就說：X，我那杯水果混酒哪裡去了？

羅傑・貝文斯三世　牧師冷冷地說，夠了吧。

貝絲・拜朗　還記得那次我們把小艾迪掉在閱兵場的事？

艾迪・拜朗　就是那個波克什麼的節之後。

貝絲・拜朗　那天我們喝了不少。

他也沒怎樣。

艾迪・拜朗

對他可能還有好處。

貝絲・拜朗

讓他堅強。

艾迪・拜朗

被馬兒踩了，你不會死。

貝絲・拜朗

可能會一跛一跛。

艾迪・拜朗

之後變得怕馬。

貝絲・拜朗

還有狗。

艾迪・拜朗

但是在人群裡走失五小時？又不會殺了你。

貝絲・拜朗

我的想法？對你有好處啊。以後你就知道在人群裡走失五小時，該怎樣不哭也不慌。

艾迪・拜朗

嗯，他回到家後的確哭了一下下，也有點驚慌。

貝絲・拜朗

噢，老╳天，妳太保護那些天殺的小王八╳，接下來，他們就會叫妳去茅坑給他們揩╳眼。
不過，我得說句公道話，我們的小艾迪還有瑪麗・瑪格向來都是自己揩╳眼。

艾迪・拜朗

我們家也沒有茅坑。

貝絲・拜朗

就到處拉——。

艾迪・拜朗

我想知道他們幹嘛都不來看我們？多久了？X媽的有夠久。一次也沒——

貝絲・拜朗

X他們！這兩個X的忘恩負義的毒蛇根本沒有X的權力埋怨我們，他們X的試試看我們X的人生，一天就好，這兩個天殺的屎X半天也沒過過。

艾迪・拜朗

牧師說，夠了！

漢斯・沃門

這兩位是拜朗夫婦。

羅傑・貝文斯三世

醺醉，不省人事躺在路上，被馬車輾過，扔到恐怖鐵絲網那頭、不光彩、沒有標記的公共養病坑療傷，是那兒僅有的白人，混居黑人中，不管膚色深淺，他們沒一人有像樣的養病箱療養身體。

讓拜朗夫婦跟男孩說話，至為不妥。

也不該讓他們跑到鐵絲網這邊來。

無關乎財富。

我並不富有。

而是行為舉止。這麼說吧，關乎「心靈的富足」。

漢斯・沃門

艾維力・湯姆斯牧師

漢斯・沃門

艾維力・湯姆斯牧師

漢斯・沃門

艾維力・湯姆斯牧師

雖說如此，拜朗夫婦來去自如。鐵絲網攔不住他們。

漢斯・沃門

就像仍在先前世界，我行我素。

艾維力・湯姆斯牧師

哈。

羅傑・貝文斯三世

哈哈。

漢斯・沃門

緊接在拜朗夫婦之後是邦廷先生（「我可是沒啥羞愧的事」）、艾倫比先生（「俺到這裡時，身上有七塊錢，縫在褲袋裡，除非哪個王八羔子告訴我那七塊錢跑去啥鬼地方，俺不打算離開這個鬼地方」），波波・費司比太太（「我懇求人生的最後一**小時**能**遠離**此種恐怖痛苦，好讓我以較為快樂的心情跟**所愛的人告別**」），她怯生生靠近門邊，依然凍結成瘦小胚胎，那是她在先前世界纏綿病榻的晚期模樣。

羅傑・貝文斯三世

還有數十人懷抱樂觀新希望，興奮等待與男孩說話。

唉，為之不久。

漢斯・沃門

艾維力・湯姆斯牧師

28

此時，因為某些熟悉跡象，我們知道麻煩即將開始。

羅傑・貝文斯三世

開始的徵兆與往日相同。

艾維力・湯姆斯牧師

先是四周開始靜寂。

羅傑・貝文斯三世

冬日樹枝摩擦聲可聞。

漢斯・沃門

一股暖風升起，伴隨各種讓人舒適的氣息：草地、太陽、啤酒、麵包、棉被、奶油——這名單因人而異，各自得到不同安慰。

羅傑・貝文斯三世

地面冒出各種大小、顏色、形狀、香氣的盛開奇花。

艾維力・湯姆斯牧師

灰色的二月樹木開始綻放花朵。

漢斯・沃門

然後冒出果子。

果子各自符合不同人期許：只要你的腦海飄過某種顏色（譬如銀色）、某種形狀（譬如星狀），

艾維力・湯姆斯牧師

前一秒還是光禿禿、死氣沉沉的冬日樹枝立刻纍纍掛滿銀色星狀水果。

羅傑・貝文斯三世

土墩間小徑、樹木間空地、長椅座位間、樹枝的彎曲縫隙（換言之所有空間）自動填滿各式食物，滿溢而出：盛在鍋裡、漂亮盤子上；掛在樹枝間的烤肉串上；在金色水槽裡；在鑽石海碗裡；在小小的翡翠醬碟裡。

艾維力．湯姆斯牧師

北邊奔來一面水牆，然後以軍事精準度分為數十條，圍繞每一棟石屋、養病土墩，讓它們有了各自的渠道：渠道之水快活變成咖啡、美酒、威士忌，又變回水。

漢斯．沃門

我們知道長滿果子的樹、甜蜜和風、無盡食物、魔幻水泉都只是先遣部隊。

艾維力．湯姆斯牧師

警告我們何人將至。

漢斯．沃門

這是他們的安撫手段。

艾維力．湯姆斯牧師

我們隨即武裝自己。

漢斯・沃門

最好是把身體弓成一團，摀住耳朵，閉上眼睛，把臉埋進土裡，因而得挖鼻孔。

羅傑・貝文斯三世

沃門先生大喊，堅強啊，各位！

艾維力・湯姆斯牧師

然後他們降臨了。

漢斯・沃門

29

他們迤邐而至。

漢斯·沃門

對我們各自顯現不同樣貌。

艾維力·湯姆斯牧師

年輕女孩身著夏日洋裝，棕膚，快活，披散頭髮，編織草手環，咯咯笑走過：鄉間女孩，快樂，歡欣。

跟我一樣。

跟我以前一樣。

愛比吉兒·布萊列斯太太

一大群薄裳新娘，絲綢領口輕顫。

漢斯．沃門

天使正在梳理奇特的肉翅膀，每個女人一大片，翅膀收起後，變成淡色旗子，緊緊捲起，貼著背脊。

艾維力．湯姆斯牧師

我的初戀（也是為一愛人！）吉伯特現身，數百個，相貌一致，模樣一如我們在馬車房度過的那個最美妙下午，灰色馬毯隨意裹在腰間。

羅傑．貝文斯三世

我的女兒。卡薩琳、瑪麗白、愛麗絲。各有千百分身。手牽手走路，綁著特倫頓辮子，穿著去年復活節衣裳，各拿一朵向日葵。

珍．艾利斯

一大**群黑炭**妞兒（穿著她們**喜歡**的粗布**罩衣**，滑脫肩頭，刻意**賣騷**）確實過來**屈膝致意**；我**已經**多次對峙並**擊敗**此類貨色，因此留下一大坨**棕色糞便**為**禮**，**回家**，等候她們**離開**。

希賽爾．史東中尉

那群新娘靜悄悄行動，像獵人，尋找任何軟弱跡象。

漢斯・沃門

領頭天使喊道：親愛的**牧師**，**您**在哪兒？她的聲音聽起來像我們教堂在復活節星期日敲擊的精緻玻璃鐘。

艾維力・湯姆斯牧師

眾吉伯特分身之一過來跪在我身旁問，我可以好心看他一眼，別再捂住耳朵嗎？

他的聲音難以拒絕。

他的美難以描繪。

他低聲說，跟我們走吧。這裡只有野蠻與虛妄。配不上你的細緻。跟我們走吧，一切均被原宥。

吉伯特二號說，我們知道你做了什麼。沒關係的。

我說，我沒做。未成定局。

吉伯特一號說，木已成舟。

我說，我仍可扭轉。

吉伯特二號說，天啊。

吉伯特三號說，溫和點，溫和點。

吉伯特四號說，你已經是碎裂在沙灘的浪。

我說，好心點，別理我。這些話我都聽過——
吉伯特二號疾言，我問你，你現在可是躺在廚房地板上？笨蛋，張望一下四周吧。你這是自欺欺人。木已成舟。完了。
吉伯特一號說，我們說這些話是要敦促你快快走吧。

羅傑・貝文斯三世

其中一個鄉下女孩是米蘭達・戴普！坐在那裡，就跟我身旁的泥土一般真實，她依舊身著最愛的褪色黃裙，雙腿交叉。只是跟我比起來，她現在顯得龐大許多，像巨人！
她說，妳現在過得很苦吧，親愛的愛比吉兒？經常早上醒來就發現少了一些物件，對吧？來吧，跟我們走吧，我們是來解放妳的。看看我們的手、我們的腳、我們的笑容。我們難道是騙子？我們不是很健康嗎？我們認識妳多久了？還記得某個夏日我們躲進稻草堆？妳媽四處找妳？我們直朝稻草堆裡鑽，躲藏，樂不可支。
另一個說，我們帶妳去之處比那好上百萬倍。我認出她，不就是我的伴娘辛西亞・賀頓嗎！

愛比吉兒・布萊列斯太太

我的貝絲說，艾迪，那不是他X的昆妮嗎？
一點不假！昆妮是普迪酒棧的騷貨。會彎腰倒奶給你看。
昆妮說，船長，該放棄了。

我說，豬×眼才會啦。

貝絲說，艾迪。

我說，×的滾開。我知道自己在幹嘛。

昆妮說，你在幹嘛？

我說，滾他×的蛋。

她說，我相信你老婆有不同想法。

我說，才沒。×，滾開。我跟她可是同進同出。

她說，是嗎？

貝絲眼兒低垂。

我說，乖女孩。繼續看地上。這樣她才不會他×的×妳。

她說，我們可不是來×人的。

我說，倒奶給我看啊。

她對貝絲說，任何時候，只要妳需要我們，就喊一聲。

我說，妳這個×屄騷貨，給我滾。

艾迪·拜朗

一度，天使匯聚成一束月光，企圖以集體光輝震懾我，舉目，白石屋周圍的苦難場面驚人：我們數十人凍結於悲慘姿態，有的簌簌恐懼，有的趴伏，有的爬行，有的驚恐眨眼，迎接針對我們不同人量身特製、砲火不絕的猛烈攻擊。

艾維力·湯姆斯牧師

米蘭達·戴普說，愛比，親愛的，我讓妳看些東西。

她的手貼上我的雙頰。

然後我看見了！她們要帶我去的那個世界浪潮只進不出。我將住在山頂，石頭落下山還會再滾上來。滾到我身邊後裂成兩半，各藏一顆藥丸。我吞下藥丸，哇，讚美上帝。我的需求盡得滿足。

終於！

生平首次得到滿足。

米蘭達放下手。我又回到這裡。

米蘭達問，妳喜歡嗎？

我說，非常。

她的朋友說，跟我們走吧。我認出那是老友蘇珊娜·畢格斯（！），頭髮用布束起，嘴裡含著長草莖。

另外兩個鄉下女孩在隘谷裡玩捉人遊戲。是愛荻拉跟伊娃·麥克賓嗎？沒錯！一旁幾頭母牛深情望著她們遊戲。母牛能有情感雖是奇怪，但是這些甜蜜女孩的世界就是如此！

米蘭達・戴普說，不敢相信妳變成老寡婦。
蘇珊娜・畢格斯說，而且那麼瘦小。
米蘭達・戴普說，妳以前總是那麼漂亮。
辛西亞・賀頓說，妳的日子很苦。
蘇珊娜・畢格斯說，浪潮只退不進。
米蘭達・戴普說，石頭滾下山就不再上來。
她繼續說，一生匱乏。
我泛起淚光。
這話不假。
米蘭達說，妳已經是碎裂在沙灘的浪。
蘇珊娜說，我們說這些話是要敦促妳快快走吧。
我說，我不清楚這些，倒是想再來一顆剛剛那種藥。
米蘭達說，那就跟我們來吧。
隘谷裡的麥克賓姊妹停下來聆聽。母牛群也是。不知為啥，就連穀倉也一樣。
我已經累了太久。
我說，我想我跟妳們去吧。

愛比吉兒・布萊列斯太太

我的左側傳來一聲不知是恐懼還是勝利的吶喊，緊接著就是熟悉卻依然令人膽寒、伴隨物質光閃爆現象的霹靂聲。

誰走了？

我不確定。

因為攻勢仍猛，我無暇關心。

漢斯・沃門

彷彿受到勝利的激奮，他們加倍折磨我們。

艾維力・湯姆斯牧師

天空落下玫瑰花瓣，賞心悅目的挑逗：紅色、粉紅、黃色、白色、紫色。半透明花瓣；條紋花瓣；圓點花瓣；刻有童年庭院的花瓣（撿起一看，會發現從拗斷的花梗到散落地面的玩具，雕得鉅細靡遺）。最後天上落下黃金花瓣（真金！），清脆敲擊樹木與碑石。

羅傑・貝文斯三世

之後是歌聲。滿載渴望、允諾、誓言、耐心與同情的美麗歌聲。

漢斯・沃門

深深感動你。

艾維力・湯姆斯牧師

讓你X的想跳舞。

貝絲・拜朗

還X的想哭。

艾迪・拜朗

邊跳邊哭。

貝絲・拜朗

母親來了　約莫十個　但是沒有一絲絲母親的氣味　哎　他們給一個寂寞的人派來十個假母親是什麼把戲？

一號母親說，跟我們走吧，威利。

突然　她們的氣味都對了　對極了　在我身邊圍成一圈　飄散正確氣味

母親　我的天　我親愛的母親

二號母親說，你已經是碎裂在沙灘的浪。
三號母親說，親愛的威利。
四號母親說，最最親愛的威利。
這些母親都愛我要我跟她們走說只要我準備好就會帶我回家。

威利・林肯

何時，你才能盡享床第之歡；何時，你才能摟抱安娜裸裎的身體；何時，她才會雙唇飢渴、雙頰緋紅望著你；何時，她恣意鬆開奔放的長髮才能裹住你？（說話的是我老婆的表姊瑤絲貝芙・葛洛夫，或者，該說是幻化成和她一模一樣的說謊精，穿著薄裳，絲綢領口輕顫。）
二號新娘說，我告訴你何時。永遠不會。你這是欺騙自己，一切都結束了，圓球。（說話的是我親愛的祖母，很尷尬的，她也穿著薄裳，絲綢領口輕顫。）
自從她們上次來訪，就替我取了這個綽號。
瑤絲貝芙說，安娜請我轉告，你依然滯留此處讓她很不安。
我逐漸軟弱，必須奮起抵抗。
我說，妳們滔滔說服我前往的所在，她在那裡嗎？正等著我？
逮個正著。她們雖善偽裝卻不愛說謊。
瑤絲貝芙面紅耳赤，焦慮看著祖母。
瑤絲貝芙說，這個——很難回答這個問題。

我說，妳們是魔鬼。幻化成我熟悉的模樣，誘惑我前往彼處。

祖母說，圓球，哦，你就很誠實嗎？

瑤絲貝芙說，你可真誠審視自己的處境？

祖母說，你可是真的「病了」，圓球？曾幾何時，醫師會把病人放進「養病箱」裡？

瑤絲貝芙說，我不記得我們那個時代有這種習慣。

祖母說，所以你教我們怎麼說呢，圓球？你是什麼？你在哪裡？親愛的，承認吧，相信吧，大聲說出來，從中獲益，跟我們走吧。

瑤絲貝芙說，我們說這些話是要敦促你快快走吧。

看來，我必須使出終極絕招。

我說，妳們跟誰說話？誰在聽妳們說話？妳們是在聆聽何人？又是追隨誰的手，當它指向天空？什麼聲音讓妳們擺出現在這副驚愕臉孔？不就是我嗎？我就在這兒。不是嗎？

它發揮了一貫的效果。

困惑又喪氣，這群新娘圍成圈，彼此耳語，設計新的攻擊計畫。

幸好，兩聲巨大的物質光閃爆霹靂聲響起，打斷了她們的詐欺密謀會議：一聲來自南側，一聲來自西北邊。

漢斯．沃門

艾迪聽到爆響，拔腿就逃。

有時，他X的超級怕這狗X聲音。

一名騷貨朝我走來。仔細一看，我發現那不是騷貨，那是我女兒瑪麗．瑪格！X的穿得漂漂亮亮！X的這麼多年後，終於來看我們！

她說，母親。愛福瑞特跟我很抱歉如此怠惰。

我說，誰是愛福瑞特？

她說，您的兒子，我的兄長啊。

妳是說艾德華？小艾迪？艾迪？

她說，對不起，是艾德華，沒錯。總之，我們早該來了。但是我實在太忙。發達成功。被人寵愛。漂亮兒女成群。而且很聰明。愛福瑞特也一樣。

我說，是艾德華。

她說，艾德華，對對。我實在太累了！因為實在太……太發達成功！

我說，沒關係，孩子，妳來了就好。

她說，母親啊，請知道一切都很好。您已經盡其可能了。我們對您毫無怨尤。雖然您可能覺得自己有時欠缺母性——

我說，我是個X爛的母親，對吧？

她說，不管您自認有多失敗，都拋開吧。因為現在一切圓滿。跟我們走吧。

我說，去哪兒呢？我不知——

她說，您已經是碎裂在沙灘的浪。

我說，啊，我不明白。

此時，艾迪奔了回來。

我的「大英雄」！

喝。

他說，給我滾他X的蛋。

我說，這是瑪麗·瑪格啊。

他說，才不是。妳看。

他撿起一塊石頭扔過去。直中瑪麗·瑪格！石頭穿過她的身體，她不再是瑪麗·瑪格，而是我不知道的他X的誰。還是啥玩意。是一團X的衣服模樣的水泡或者陽光！

那團陽光——水泡說，先生，您是個傻瓜。

然後轉身面對我。

它說，至於您，女士，略遜之。

貝絲・拜朗

領隊天使捧起我的臉，翅膀來回搧，我想起餵馬時馬尾揮擺。
牧師，您在這兒可如意？她的翅膀在頭頂懶洋洋揮動。您一生侍奉之人可在此處？
我說，我——我相信**祂**是的。
她說，當然，**祂**無處不在。但是**祂**不喜歡您滯留此地。與卑下者為伍。
她美得逼人，而且魅力逐增。我得結束談話，否則災難難免。
我說，拜託，妳走吧。我今天不——不需要妳。
她說，但是很快就會吧？
她的美暴增至筆墨難以形容。
我哭了。

艾維力・湯姆斯牧師

漢斯・沃門

跟來時一樣突然，攻擊驟然結束。

艾維力・湯姆斯牧師

似乎收到相同信號，我們的折磨者一起走了，歌聲轉趨陰暗哀傷。

他們一走，樹木轉灰，食物消失，水流退去，和風停歇，歌聲杳然。

羅傑・貝文斯三世

只剩我們。

漢斯・沃門

一切復陷陰鬱。

艾維力・湯姆斯牧師

30

沃門先生、湯姆斯牧師與我馬上去看是誰投降了。

羅傑・貝文斯三世

第一個是孤寒的布萊列斯太太。

艾維力・湯姆斯牧師

她素日珍愛的鳥屍塊、樹枝、塵埃散落住處一地，無人眷顧，現在只是不值錢的東西。

漢斯・沃門

顯然，A・G・昆布斯是第二個投降的。

艾維力・湯姆斯牧師

可憐傢伙。我們對他知之甚少。他來此多年，很少離開養病箱。

漢斯・沃門

偶一爬出養病箱，他總吼：「先生，您可知我是何許人？賓賴氏餐館可是特地為我保留一張桌子！我是老鷹騎士團後裔！」我還記得我說不知道那地方，他難以置信，宣稱：「那是**城裡**最好的餐館！」我問：「哪個城市？」他說華盛頓，並形容它的所在。我知道那個街角，敢說那裡是馬廄呢。我如實告知。他說：「您真是可憐！」但是他顯然信心動搖。坐在自己的土墩上沉思摸鬍，然後吼問：「那您鐵定認識尊貴的杭福瑞先生囉？」

現在他走了。

再見，昆布斯先生，願您所至之處，人們聽過賓賴氏餐館。

羅傑・貝文斯三世

沿途，許多人頹坐在土墩或者他們的石屋階梯上，因方才的奮力抵抗而啜泣。餘者則靜靜回想剛剛經歷的一幕幕誘惑與動心。

艾維力・湯姆斯牧師

我對堅守不移者頓生嶄新感情。

羅傑・貝文斯三世

這真可說是揚米去糠呀。

艾維力・湯姆斯牧師

我們的道路不是人人能行。我無意貶抑，但多數人欠缺必要的毅力。

漢斯・沃門

他們的問題出在永不滿足。

羅傑・貝文斯三世

不知道第三位受害者是誰？我們突然想到那男孩。

漢斯・沃門

他這麼年輕，應當擋不住此種無情攻擊。

艾維力・湯姆斯牧師

固所願也——

羅傑・貝文斯三世

以他的年紀——

走上另一條路就是永世鎖困——

我們去確定他已經離去，雖黯然，卻也如釋重負。

漢斯・沃門

羅傑・貝文斯三世

艾維力・湯姆斯牧師

31

您可想見我們瞧見他盤腿坐在白石屋頂時的驚訝。

漢斯・沃門

沃門先生駭異地說，你還在這裡？

男孩疲累地說，是的。

羅傑・貝文斯三世

他的外貌令人瞠目。

艾維力・湯姆斯牧師

奮力抵抗讓他耗損甚鉅。

漢斯・沃門

年幼的實在不該耽擱。

艾維力・湯姆斯牧師

男孩上氣不接下氣；手兒震顫；照我估計，他大約掉了一半體重。顴骨突出；襯衫領鬆垮圍繞突然瘦成竹竿的脖子；烏黑陰影浮現眼圈下；諸此種種形容枯槁。

羅傑・貝文斯三世

他以前圓嘟嘟的。

漢斯・沃門

現在不了。

羅傑・貝文斯三世

貝文斯先生低聲說，我的天！

漢斯・沃門

川納家女孩可是將近一個月才惡化到此種程度。

羅傑・貝文斯三世

湯姆斯牧師說，你還在這兒，真令人欽佩。

我說，堪稱英勇。

牧師說，卻至為不智。

漢斯・沃門

沃門先生溫柔說，沒關係的。真的沒關係。我們就在這兒。你平靜地走吧：你給了我們許多希望，能讓我們撐上許多年，受益良多。在此致謝，祝你一路好走。

艾維力・湯姆斯牧師

男孩說，是的，只是我不走。

羅傑・貝文斯三世

聞言，牧師極度訝異，驚詫程度超過他素口的訝異表情。

漢斯・沃門

男孩說，父親答應回來。如果他回來找不到我怎麼辦？

沃門先生說，你的父親不會回來的。

我說，至少不是馬上。

沃門先生說，屆時，你的模樣已經不宜見他。

牧師說，如果你父親來了，我們會告訴他你得離開。跟他解釋這才是最好的。

男孩說，您說謊。

顯然男孩的崩損開始影響他的性情。

牧師說，對不起？

男孩說，您三人打開始就騙我。說我該走。當時我若是走了呢？豈不是根本碰不到父親。現在又說要代為傳話？

牧師說，我們會的。一定會——

男孩說，您能怎麼做？可有溝通方法？我就算在父親體內，也沒法跟他說話。

羅傑・貝文斯三世

沃門先生說，有的。我們的確有方法。

艾維力・湯姆斯牧師

（概念尚模糊。

稱不上確立。）

羅傑・貝文斯三世

（這問題由來充滿不確定。）

漢斯・沃門

此時，遠處傳來狄萊尼太太的聲音，呼喊狄萊尼先生。

艾維力・湯姆斯牧師

多年前，她的丈夫先行至此。未多作逗留。亦即，他的病體雖仍躺在她安放之處，狄萊尼先生卻已——

羅傑・貝文斯三世

置身他處。

艾維力・湯姆斯牧師

展開新頁。

漢斯・沃門

但是呢，可憐的狄萊尼太太沒法決心跟隨。

羅傑・貝文斯三世

說來滑稽。牽涉到另一位狄萊尼先生。

艾維力・湯姆斯牧師

她的小叔。

漢斯・沃門

當時她一點不覺得「滑稽」，而是迫切，美妙，命中注定。

羅傑・貝文斯三世

現在她左右為難：在先前世界被婚姻痛苦綑綁那麼久，心繫另一位狄萊尼——

艾維力・湯姆斯牧師

丈夫移居至此不到一個月，她就跟了另一位狄萊尼先生，馬上發現他遠遠不如她意，粗率貶抑她對前夫（也就是他的兄長）的回憶，顯露貪婪腐敗的道德性格（與他的兄長實是天差地遠，現在她發現前夫樣樣優秀）。

漢斯・沃門

儘管他乏味、怯懦，體態儀表亦遠遜其弟（那個有道德缺陷的）威嚴迷人。

羅傑・貝文斯三世

因此，她舉棋難定。

漢斯・沃門

肉體上，她渴欲那位狄萊尼（尚在先前那個世界）。

艾維力・湯姆斯牧師

卻也渴望往前行，與丈夫重逢，致歉。

羅傑・貝文斯三世

為虛擲他倆多年歲月致歉，因為她想著另一個男人。

漢斯・沃門

換言之，她不知何去何從。

艾維力・湯姆斯牧師

去或留。

羅傑・貝文斯三世

只能到處亂走，喊著「狄萊尼先生！」

艾維力・湯姆斯牧師

不斷的。

漢斯・沃門

我們永遠不知她喊的是哪一位。

羅傑・貝文斯三世

她也不知道。

艾維力・湯姆斯牧師

男孩突然倒抽一口冷氣，聲音明顯恐懼震顫。

漢斯・沃門

我轉頭看，心頭一沉。
他周遭屋頂已經液化，好像坐在一灘灰白色泥水裡。

羅傑・貝文斯三世

水坑冒出一根藤蔓狀觸鬚。

艾維力・湯姆斯牧師

觸鬚越靠近男孩，變得越粗，如眼鏡蛇滑過去，盤住男孩小腿交叉處。

羅傑・貝文斯三世

我衝過去撥開，發現它堅硬如石，不像蛇。

艾維力・湯姆斯牧師

令人膽寒的變化。

羅傑・貝文斯三世

崩亡之始。

漢斯・沃門

32

如果川納小姐足為殷鑑，其他觸鬚將迅速掩至，直到將男孩（如巨人格列佛一樣）釘牢在屋頂。

羅傑．貝文斯三世

一旦釘牢，一種只能稱為發光胎盤物將火速繁生覆蓋他。

艾維力．湯姆斯牧師

那物將硬成殼狀背甲，而後連串幻化為頹橋、禿鷹、狗、醜惡老太婆，逐次鉅細靡遺，更見醜惡，此過程旨在加速惡化：背甲模樣越邪惡，光明（快樂、誠實、積極熱望）越難進入。

羅傑．貝文斯三世

他便離光越來越遠。

漢斯・沃門

川納小姐的經歷思之沮喪。

艾維力・湯姆斯牧師

讓我們憶及許久前的那個夜晚，我們實在可恥。

羅傑・貝文斯三世

我們放棄了她。

漢斯・沃門

頭兒低垂，蹣跚離去。

羅傑・貝文斯三世

心照不宣接受了她的敗亡。

艾維力・湯姆斯牧師

而她持續墮落。

漢斯·沃門

猶記殼狀背甲初形成，她還快樂唱歌，拒絕接受事實。

羅傑·貝文斯三世

她唱〈沉重樹枝低垂〉。

漢斯·沃門

乖巧的小孩。

艾維力·湯姆斯牧師

可愛的聲音。

漢斯·沃門

當原先的背甲變成女孩大小的烏鴉後，聲音逐漸討厭。

羅傑·貝文斯三世

相同曲調變成嘎嘎噩夢。

漢斯・沃門

我們一靠近，她便以一隻人手與巨大黑翅膀死命撲打我們。

艾維力・湯姆斯牧師

我們不夠盡力。

漢斯・沃門

那時我們也才初來乍到。

羅傑・貝文斯三世

掙扎著逗留此處。

漢斯・沃門

挑戰不可謂不鉅。

羅傑・貝文斯三世

迄今仍未稍減。

艾維力・湯姆斯牧師

她的事之後，我對自己頓失敬意。

漢斯・沃門

是的。

羅傑・貝文斯三世

教堂鐘響三下。

漢斯・沃門

猛地讓我們回到現實。仍是慣常的不和諧奇特鳴響：

艾維力・湯姆斯牧師

自私，自私，自私。

羅傑・貝文斯三世

貝文斯先生突然睜大兩顆主要眼睛，彷彿說：各位，該走了。

艾維力·湯姆斯牧師

但我們依然逗留。

撥開攀上男孩的觸鬚。

羅傑·貝文斯三世

男孩默不作聲。

漢斯·沃門

面朝內。

艾維力·湯姆斯牧師

時而清醒，時而昏昧。

漢斯·沃門

輾轉，囈語，顯然陷入某種譫妄夢境。

羅傑·貝文斯三世

低聲叫，母親。

艾維力・湯姆斯牧師

33

母親說我一旦病癒　便可嚐嚐糖做的城市　她幫我留了一條巧克力魚與蜂蜜做成的蜜蜂　她說我將來會指揮軍團　住在一棟輝煌的老房子裡　娶個漂亮的甜女孩　生養孩子　哈哈　她說希望有一天　我們齊聚在我的氣派老房子喝法國白蘭地　我會是最快樂的老太太　你們這些孩子成日給我送蛋糕　我呢就坐著吃　我會變得好胖　你們得買個推車輪流推我屋內到處走呢。

母親笑起來真好聽

我們站在第三級臺階　它有三朵白玫瑰　從第一級到第五級臺階　分別是二、三、五、二、六朵玫瑰花。

母親靠近　跟我蹭鼻子　這叫「怩怩」　我覺得很孩子氣　不過還是順她的意思

父親也來了，說，哎，我可以跟你們疊羅漢嗎？

可以

父親如果膝蓋抵著第二級臺階　伸直手臂　指尖可以碰到第十二級臺階　他就有那麼長　試過好多

次囉

除非我變強壯了　否則再也不能疊羅漢

因此我知道我必須　留下　這並不容易　但是我知道什麼是榮譽　知道怎麼裝刺刀　知道什麼是勇
敢　這並非易事　還記得艾利斯上校嗎　他因為英勇扯下某人家的南軍國旗　被南軍殺了　我必須留下
時間到了　如果情況許可　我想回　家

身體虛弱　永遠不行
身體強壯　或許可以

威利・林肯

34

男孩猛地張開雙眼。

羅傑·貝文斯三世

他說，這裡好奇怪。

貝文斯先生說，不，不奇怪。

牧師說，你會逐漸習慣。

貝文斯先生說，如果你屬於這裡。

牧師說，但是你不。

漢斯·沃門

此時三個凝膠狀圓球飄過，似在搜尋某人。

艾維力・湯姆斯牧師

我們因而知道第三位投降者是艾利斯太太。

羅傑・貝文斯三世

因為圓球空蕩蕩；亦即，裡面沒有小孩。

漢斯・沃門

它們魚貫經過我們，貌似失望，怒目而視，飄下陡坡，進入溪裡，越來越淡，終至完全消失。

艾維力・湯姆斯牧師

貝文斯先生有點不好意思，說，一點也不奇怪。

漢斯・沃門

35

突然，帽如雨下。

艾維力・湯姆斯牧師

各式各樣。

羅傑・貝文斯三世

帽子，歡笑聲，以及惡意戲謔與模仿放屁之聲：預告三**位單身漢**即將現身。

艾維力・湯姆斯牧師

此地只有他們能飛，我們卻不羨慕。

漢斯・沃門

他們在先前世界從未愛過與被愛，永遠凍結於年輕時的情感空虛狀態：只在乎自由自在、肆意揮霍、狂歡作樂，抱怨任何限制與承諾。

艾維力・湯姆斯牧師

只要快樂與歡鬧；不信任嚴肅事物；為戲耍嬉鬧而活。

羅傑・貝文斯三世

他們的喧囂吶喊經常迴盪此地高空。

艾維力・湯姆斯牧師

有時只是持續帽如雨下。

羅傑・貝文斯三世

各式各樣。

漢斯・沃門

似乎取之不竭。

羅傑・貝文斯三世

天上依次快速落下圓頂高帽、金屬邊三角帽、四頂綴著漂亮羽毛的蘇格蘭帽，三位**單身漢**本尊現身，豪邁降落白石屋頂，各自輕觸帽沿致意。

李波特先生說，抱歉，我們需要**稍事休息**。

肯恩先生說，飛翔甚是疲倦。

富勒先生說，儘管我等甚喜。

肯恩先生瞧見男孩，說，**天可憐見**啊。

富勒先生說，精神不濟呢。

男孩努力清醒，說，我身體微恙。

肯恩先生說，看來如此。

富勒先生捏緊鼻子說，在此國度，實屬常態。

男孩說，我父親來過，承諾還要再來，我正努力撐下去。

李波特先生聳眉說，那**祝**你好運。

肯恩先生說，小鬼，小心你的腿啊。

我們因訪客分心疏忽了：男孩的左腿被數條粗如手腕的新觸鬚盤錯在屋頂上。

男孩紅著臉說，天啊。

讓男孩擺脫纏困還頗費力，類同拔起糾結的黑莓樹根。他以小男孩罕見的鐵血軍魂意志忍受過程的不適，只在我們拉扯時堅強地哼哼，然後精疲力盡往後倒，陷入先前的死氣沉沉迷濛狀態。

富勒先生低聲說，他的父親可是個長腿傢伙？

李波特先生說，面色有點哀傷？
肯恩先生說，身材高大，儀容略微凌亂？
我說，是的。
富勒先生說，剛剛碰見他。
我說，什麼？
肯恩先生，剛剛遇見他。
沃門先生不敢置信，說，在這兒？他還在這兒？
李波特先生說，靠近貝林威德——丈夫、父親、造船人——的碑石附近。
富勒先生說，靜靜坐著。
肯恩先生說，剛剛才看見呢。

艾維力・湯姆斯牧師

富勒先生說，那麼掰掰囉。
李波特先生說，請恕**告退**。每晚此時我們都會快速飛翔**繞一圈**，掠過**恐怖**鐵絲網上方，僅僅幾吋之差，比賽我們誰斗膽飛得**最近**，儘管**接近**它令我等**暈眩欲吐**。

漢斯・沃門

他們走了，口出屁聲，形成完美的大調三和弦，繽紛帽子如雨下，像是臨別贈禮，有喇叭高頂帽、土耳其居家帽、各種顏色的法式軍用平頂帽，以及一頂墜落速度較緩的草編花式小禮帽，可愛，讓人想起夏天。

羅傑・貝文斯三世

他們揭露的消息讓人震懾。

漢斯・沃門

那位紳士的光臨已經很奇怪；仍逗留在此更離奇。

艾維力・湯姆斯牧師

單身漢的話並非總是可靠。

漢斯・沃門

他們討厭乏味，因而常惡作劇。

羅傑・貝文斯三世

一次讓泰森邦姆太太相信她幻化現身時只著貼身內衣。

漢斯・沃門

之後多年，她都畏縮躲在樹後。

羅傑・貝文斯三世

有時，他們會藏起布萊列斯小老太婆的鳥屍塊、樹枝、石頭與塵埃。

艾維力・湯姆斯牧師

讓她四處瘋狂奔尋，他們則在空中誤指方向，要她跳過傾倒的樹幹或者小溪，可憐啊，對布萊列斯太太來說，那不是小窄溪，而是大急流。

羅傑・貝文斯三世

因此，**單身漢**的言之鑿鑿均須狐疑以對。

漢斯・沃門

儘管如此，此事頗有蹊蹺。

羅傑・貝文斯三世

值得進一步調查。

漢斯・沃門

彷彿直覺察知我們的意圖，牧師斷然說，不，不。
以眼神示意私下聊聊。

羅傑・貝文斯三世

36

我們穿過屋頂，進入白石屋。

漢斯・沃門

裡面比外頭涼幾度，飄散枯葉味與霉味。

羅傑・貝文斯三世

還有那位紳士的淡淡氣味。

漢斯・沃門

牧師說，我們能在此逗留乃是神恩。能撐多久不得而知。因此，我們應保留氣力，我們的活動應侷限於服務我等的中心目標。不該肆意揮霍，顯得不知感激容留我們的奇妙恩典。因為我們雖在此，但是基於何種赦免或者能留多久，尚在未知之數——

羅傑・貝文斯三世

我注意到貝文斯先生的多雙眼睛朝上翻。

漢斯・沃門

一邊等牧師結束高調談話，沃門先生自尋樂趣，反覆將一塊石頭擺上碩大陽具，注視它落下。

羅傑・貝文斯三世

牧師說，我們得先保護好自己。唯有如此，才能保護那男孩。他絕不能聽到這個謠言，他會心生希望。我們都知道唯有極端絕望，他才會採取必要行動。因此，一個字也不能說。同意嗎？

我們喃喃同意。

漢斯・沃門

牧師那雙（老）腿缺乏彈力（來時已頗高齡），只好爬牆而上，很快（不過，也沒那麼快）就穿過天花板消失了。

羅傑・貝文斯三世

貝文斯先生跟我單獨留在下面。

漢斯・沃門

說實話，我們很無聊，百般無聊，無休無止的無聊。

羅傑・貝文斯三世

夜復一夜，夜夜驚人沮喪相似。

漢斯・沃門

我們坐過所有樹木的所有樹枝。反覆觀察過每一顆石頭。每條山路、小徑、荒草步道，我們都走過、跑過、爬過、躺過；涉過所有小溪；對此處四種不同泥土的質地與味道瞭若指掌；詳記「同胞們」的髮型、服裝、髮飾、懷錶掛鍊、襪子吊帶與皮帶；沃門先生的故事，我聽了不下千次，我的故事於他，恐亦復如是。

羅傑・貝文斯三世

簡言之，這兒乏味至極，我們渴望一丁點變化。

漢斯・沃門

任何新鮮事均是珍寶；我們渴望任何冒險與微不足道的嬉鬧。

羅傑・貝文斯三世

速速前往一窺應無大礙。

漢斯・沃門

去那位紳士靜坐之處。

羅傑・貝文斯三世

無須告知牧師。

去了……就是。

漢斯・沃門

能擺脫那老厭物一會兒，就是如釋重負。

羅傑・貝文斯三世

37

我跟貝文斯先生衝出前牆，出發了。

漢斯・沃門

漢視牧師在屋頂上怒吼抗議。

羅傑・貝文斯三世

穿過因洪水罹病的帕瑪一家七口所在的茂盛三葉草小山谷，一會兒就來到下面的灰色石板窄路，經過分居在小路左右邊的寇斯跟溫伯格。

漢斯・沃門

經過菲德立，在光裡面而死的人有福了的碑石。

羅傑・貝文斯三世

經過上豎乳頭狀花瓶的棋形紀念碑。

漢斯・沃門

經過M・波登／G・波登／葛雷／賀伯德這一群。

羅傑・貝文斯三世

來到微斜山坳，春日，此處毛地黃與黃雛菊盛開。

漢斯・沃門

現在只是一大片糾結休眠的灰草。

羅傑・貝文斯三世

草裡，兩隻懶散冬鳥怒視我們走過。

漢斯・沃門

鳥兒不信任我類。

緩慢跑下北側坡，我們遇見莫凱爾（被牛踢到，仍期待參加舞會）；帕斯特貝爾（容貌已逝的花花公子，熱切盼望落髮再生、牙床停止萎縮、手臂肌肉不再軟如湯麵，晚宴服能送到跟前，伴隨一瓶古龍水與一束花朵，他好出門追求女士）；韋斯特夫婦（不明火災，他們可是一向細心火燭），以及狄爾先生（得意喃喃孫子的大學優秀成績，盼著明春參加他的畢業典禮）。

羅傑・貝文斯三世

漢斯・沃門

接著是曾為獵戶的崔佛・威廉斯，端坐在他送上西天的巨大動物屍堆前：數百隻鹿、三十二頭黑熊、三頭幼熊、數不完的浣熊、猞猁、狐狸、水貂、金花鼠、野火雞、土撥鼠與美洲獅；無法計數的家鼠、田鼠、一堆盤繞的蛇、數百頭母牛與小牛、一匹小馬（馬車撞的）、兩萬隻左右昆蟲。他會將每隻獵物慈愛攬在懷裡，短則數小時，長則數個月，端視他有多慈愛，以及那動物死前有多害怕。被威廉斯先生這樣攬抱（時間漫長又慈愛滿溢），那動物必會奪身而起，跑開、飛走、扭動而逃，他的獵物屍骸於焉少一。

羅傑・貝文斯三世

那個屍堆很驚人，高如教堂尖塔。

漢斯・沃門

他是傑出獵人，將來還可辛勤獵捕許多年。

羅傑・貝文斯三世

他兩手抱著小牛，呼喚我們駐足與他作伴，說他辛苦工作卻寂寞，因為不得起身或踱步。

漢斯・沃門

我回說，急務在身，不得延宕。

羅傑・貝文斯三世

威廉斯先生（是個好人，改過遷善後，從未面色不豫，總是開開心心）說他明白，揮舞小牛蹄致意。

漢斯・沃門

38

一會兒，我們來到柯利爾先生的巨大養病屋，義大利大理石，三個同心圓玫瑰花圃環繞，左右各一裝飾噴泉（現值冬日，不出水）。

羅傑．貝文斯三世

當一人擁有四棟房子、十五位全職園丁妥善照顧他的七所花園與八條人造溪，此人必然終日奔逐於房產花園間。果不其然，某日午後，我趕著回家，察看廚師為我最喜歡的慈善委員會準備的晚宴，突覺亟需小憩，先是短暫一膝著地，而後雙膝，臉往下撲，不克起身，遂被送到此處長期休養，誰知仍片刻不得喘息，因為狀似休息，卻依舊操心我的馬車、花園、家具、房產，盼望這些東西仍在耐心等我回去，願上天必不讓它們落入莽撞粗魯不值之人手裡。

波西維弗．「團團轉」．柯利爾

柯利爾先生（因摔倒在地而襯衫胸口髒汙、鼻兒扁塌）總不由自主橫浮於半空，有如人體指南針，腦袋朝著他最為憂心忡忡的某棟房產。

現在他頭朝西。因我們的到來，他憂慮稍減，忍不住歡呼，翻身站直，面對我們。

漢斯・沃門

沃門先生說，柯利爾先生好。

柯利爾先生說，沃門先生好。

羅傑・貝文斯三世

但是某個房產突然讓他新生憂慮，遂身體倏地猛往前撲，腹部朝下，恐懼哽咽，飛轉對準北方。

漢斯・沃門

39

接著，我們必須抄小路，經過最最卑微者聚居的小沼澤區。

漢斯・沃門

他們追尋濕氣與黯月無光。

羅傑・貝文斯三世

蘭道爾先生與杜威德先生站在那裡，不停對談。

漢斯・沃門

因某種不明災厄，兩人均口齒不清。

羅傑・貝文斯三世

臉蛋僅剩模糊不清的薄影。

漢斯・沃門

身軀灰暗模糊，只有淡淡的魚雷線條勾勒出手腳。

羅傑・貝文斯三世

他們的模樣難以區分，不過杜威德先生仍稍具活力。偶爾，他想說服對方，就會伸出手狀肢體，好像指著貨架上的某物，要蘭道爾先生注意。

漢斯・沃門

據信杜威德先生先前應在零售業。

羅傑・貝文斯三世

拉出大招牌**馬上**收回去**再度**拉出來**上書**「女士用品**大**降價良機**勿**失」。

班傑明・杜威德先生

灰濛濛、面容不存、楔字身形的蘭道爾先生偶爾會回以小舞。

羅傑・貝文斯三世

請讓座**這**可是個真材實料的**坐在**鋼琴前**叮叮噹噹**的那位讓座**現在**看我的。

賈士伯・蘭道爾

有時，接近破曉，當所有沼澤住民已倦極耗竭、沉默堆疊於那棵遭雷劈的黑色橡樹附近，蘭道爾先生還在跟幻想中的觀眾不斷鞠躬致意。

羅傑・貝文斯三世

我們因而推測他一定是某種藝人。

漢斯・沃門

謝謝謝謝謝！

賈士伯・蘭道爾

超值大減價：

想想看，有了電熨斗、手搖絞肉機、冷藏箱、自動攪醬器，您身形瘦弱的母親不是得救了嗎？她將恢復昔日美姿、燦爛笑容，換言之，您這可是在一堆派餅切刀裡瞧見砍樹刀呢。

班傑明・杜威德先生

啪啪，急速琶音，暫停，看那道冒煙美酒。我撇得暢快時，先前那灘黃澄美酒就會激起小波瀾。

賈士伯・蘭道爾

如果我們之前對他們的堅忍懷有任何敬意，也早轉為嫌惡。

羅傑・貝文斯三世

我們也注定淪落至此？

漢斯・沃門

應不至此。

羅傑・貝文斯三世

（經常檢視彼此面容是否轉趨朦朧。）

漢斯・沃門

（不斷監督彼此不容一絲下賤言語。）

羅傑・貝文斯三世

他們還不是最糟的。

漢斯・沃門

拿派帕斯先生來說吧。

羅傑・貝文斯三世

基本上已經是一條仰臥在地的灰線。

漢斯・沃門

只有跨過他時才會注意到他的存在。

羅傑・貝文斯三世

朋悠，擬們能幫幫我嗎？擬們。是來。幫我？有人能幫嗎？幫幫我。悠人幫幫我嗎？悠人？幫？
拜？

l・b・派帕斯

完全猜不出他先前是啥模樣。

羅傑・貝文斯三世

因為所剩無幾。

漢斯・沃門

走啊**你們**滾啊**否則**你們的菊花馬上就會收到不爽的警告立馬蹲下我會**幫助**你們排出濁氣。

法蘭德斯・昆恩

法蘭德斯・昆恩。

漢斯・沃門

以前是劫匪。

羅傑・貝文斯三世

貝文斯，我會在恁雙腕割痕尿下有毒小便，沃門，我會**抓住**恁棍子雞巴，把恁打到黑色圍籬那邊去。

法蘭德斯・昆恩

我啊，怕他。

羅傑・貝文斯三世

我可不怕。

沒錯。

但是要務在身。切勿耽擱。

漢斯．沃門

我們沿著沼澤邊緣飛奔。昆恩在背後咒罵。接著態度丕變，懇求我們回去，因為他怕待在那裡，更畏懼離去（就是前往下一個地方），他是罪人，曾在佛德瑞克斯堡的拋錨馬車旁割喉劫殺一對商人父女（直接從女孩的脖子扯下珍珠，用她的絲巾抹拭珍珠上的血跡）。他如離開這兒，下場可知。

羅傑．貝文斯三世

到達較高處後，我們快馬加鞭，經過傾頹的工具間，穿過碎石路，開心沿著舊驛路前進，我彷彿還能聞到一絲神祕的報紙氣味。

漢斯．沃門

40

經過微微左傾的卡菲帝方尖紀念碑，就在前方，一群人圍聚在剛填土的養病坑前。

漢斯・沃門

沃門先生靠近他們。

他小心翼翼問，那位新來者……還在這兒？

托賓・爛胚・穆勒回答，是的，他還在。穆勒跟往常一樣辛苦緩慢移動，整個人幾乎拗成兩截。

史帕克斯太太四肢趴地，耳朵貼地，大吼，閉上你們的鳥嘴，我才能聽見他的動靜。

羅傑・貝文斯三世

41

蘿拉，蘿拉卿卿如晤

經過一日**邪惡**殺戮與恐懼，疲累至極，只因對妳的深情，才有力氣落筆。我應坦言高知湯姆·季林沒能熬過這場可怕戰斗。當時我軍守在小樹叢，雙方駁火慘烈，我聽到一聲喊叫。湯姆中彈倒地。我們這位**勇敢高貴**的明友**面**趴**土**。我吩咐**部下**就算踏進**地獄**之門也要報仇。

這就是我當時的**心情**，一心**只想**報仇，往敵方衝去。之後發生什麼事，我不記得了。只知道我現在一切**安好**，方能提筆報平安，盼這手札能抵達我**親愛的**小家庭，讓爾等亦同享此等**福佑**。

我**長途**跋涉至此且被禁錮。戰斗慘烈相信吾已述之。湯姆·季林震亡亦如吾信所抒。我主生殺予奪憑其興念一時，卻恰能保守我身，方得魚雁傳書。故言雖是身陷囹圄，仍感念神佑。疲累至極，已無能識得身在何處，不復記憶如何至此矣。

等待護士。

樹枝低垂。**微風**輕拂。我卻憂鬱恐居。

噢，親愛的，我有預感不該在此多做停留，因為此地充滿巨大傷痛，庇佑我、**愛守**我的主又甚少光臨。人應盡力與主同行，我不該逗留。但是親愛的**妻子**，**我身心均被禁錮如上鐐銬**，此刻恐無法前行。

我必須追尋再追尋：究竟何事令我羈留此一**哀愁**深淵。

威廉・普林斯上尉[19]

一個人影突然從土堆冒出，如野獸奔出牢籠，開始踱步，焦急看著穆勒先生、史帕克斯太太與其他人。

羅傑・貝文斯三世

一位士兵。

穿著軍服。

漢斯・沃門

群眾裡一人拖長腔調說，別害怕。你是哦從以前那個地方來到哦這個新地方。

羅傑・貝文斯三世

士兵變成半透明，幾乎看不見。有時，我們陷入深思就會如此。然後他頭朝下，鑽回養病坑。

漢斯・沃門

隨即又出來，面露悽慘不解。

噢蘿拉邦妮**愛**妻，

返回**幽禁之處**，我方細瞧。臉上的疣痣與髮線依舊，卻慘不忍睹。臉龐（燒焦！）有哀戚之色。

軀幹嚴重受傷，簡直

我受困於此，此刻方才明白如何重獲自由。

那就是**說實話**，毫不隱瞞

噢不能說該說嗎該全盤托出嗎？

必須如此，否則

將永遠困在

這個恐怖與糟糕的

蘿拉，支開孩兒，確保他們聽不到以下話語。

我與那個較年輕的交合。是的。就在那個簡陋**小村**。跟那個年紀較小的交合，她追問妳送我的**項鍊墜盒**，問妳是個好妻子嗎？那時她騎在我身上，屁股輕搖，瞪著我的雙眼，意圖污衊妳的**尊嚴**。但是我向天發誓，即便她那時又搖了兩次屁股，眼睛依然釘著我，我也沒讓她稱心如意，沒有污穢汝之名及對汝的回憶。基於**忠於事實**（才能逃離這裡）的需要，我必須爽快坦承她那時伏下身體，把她兩粒女性**誘惑**輪流塞進我嘴裡，問我的妻子會這麼做嗎？我的妻子野嗎？我吐出一口氣，讓她明白我的意思是**不會**。我的妻子不會，我的妻子沒那麼**狂放**。我們在那個骯髒頹斜的棚屋交合時，她的三個小孩就躺在簡陋小床上，她兩位面色蒼白的**姊妹**和母親在**田裡**的咯咯笑聲清晰可聞，她的一隻手始終抓著我的項墜。事後，她問我能否把墜子送她。我的卑下肉慾已經得到發洩，便斷然拒絕。轉身離開，前往林子，潸然啜泣。思及妳的真誠**溫柔**。決定還是
欺騙妳比較好。

威廉・普林斯上尉

他雙手抱頭，跌跌撞撞繞圈子。

羅傑・貝文斯三世

月兒高懸，我告訴自己，身為男人必須維持家庭和諧，莫讓**心愛之人**受苦。因此我沒說。直到今日，我仍是打算當面告知，而非寫幸。心想或許當面告知的溫和口吻能減低妳的打擊。不過，此刻我的處境萬般絕望，返家已是無望，只好大聲祈求，誠摯訴說（我**上了**那個較年輕的，是的，我幹了這事）。盼望妳與垂聽一切並赦免一切的主能聽見我、寬宥我，讓我離開此一可怕——

威廉・普林斯上尉

此時土墳閃起一陣炫目閃光，伴隨我們熟悉卻依然聞之膽寒的物質光閃爆現象霹靂聲。

羅傑・貝文斯三世

他走了。

天空落下他的破爛軍褲、襯衫、靴子，以及便宜的鑄鐵婚戒。

漢斯・沃門

一些低賤者開始亂跑，嘲笑那位士兵，站在他的養病坑上做出各種猥褻不敬的姿態——不是惡意，他們並不想使壞；而是興奮難抑。

羅傑・貝文斯三世

就像野狗被牽進屠宰場，會繞著血跡亂打轉，因口腹之慾馬上能得滿足而瞎亂。

漢斯・沃門

我心想，天啊，可憐的傢伙！根本沒給這地方機會，倉皇逃離，將世間的美麗永遠拋諸於後。

換得什麼？

無從得知。

不智豪賭。

先生，您永遠棄絕了下列事物，譬如：兩頭剛剃毛的羔羊在新割草地上咩咩叫；百葉窗映下的四條平行陰影悄悄爬上正午酣睡的虎班貓小腹；九顆被風刮落的橡實落到白色石板瓦屋頂，彈向一叢枯萎石楠；熱煎鍋的香氣飄過正在刮臉的紳士（伴隨清晨的鍋碗瓢盤聲與廚娘閒聊聲）；鄰近港口，一陣風讓旗幟翻飛、風鈴鳴響，吹斜港邊大如華廈的縱帆船，引起港口附近操場小孩喊叫，交織著聽似十來頭狗的狂吠——

羅傑・貝文斯三世

老友。

您可真會挑時間啊。

漢斯・沃門

甚歉。

不過，相信您也知道這事不完全受我掌控。

羅傑・貝文斯三世

群眾暫時停止瞎鬧，張大嘴瞧貝文斯先生，因為就在講話時，他又長出許多眼睛、耳朵、鼻子與手，此刻，他看起來就像一把塞爆的人肉花束。

貝文斯祭出慣常補救辦法，閉上眼睛，所有手掩住鼻子與耳朵，減低感官的刺激，讓心靈平靜下來，許多眼睛、鼻子、耳朵、手臂因而縮回或消失。（至於是哪些，我永遠無法辨別。）

人們又回頭糟蹋那士兵的土堆。爛胚穆勒假裝對著土堆撒尿，史帕克斯太太則蹲踞其上，臉蛋醜惡扭曲。

咆哮說，看啊，看啊，我給這膽小鬼痾了一坨禮物。

漢斯·沃門

19 此處原著為表示普林斯上尉處於極端疲憊狀態，雖筆下典雅卻不時出現錯字。因此也以錯別字表現之。

42

我們繼續前行。

羅傑・貝文斯三世

閃過（如無法避免，就直接跨過）某些居所，它們的主人是已經遷居他處的笨蛋。

漢斯・沃門

古德森、雷納德、史洛康、麥凱、范戴克、皮瑟斯、史立特、派克、薩夫可、史夫威特、羅斯本。

羅傑・貝文斯三世

只是其中一二。

漢斯・沃門

辛肯斯、華納、帕森斯、藍尼爾、唐巴爾、舒曼、賀林斯海德、納司比、布萊克、范度辛。

羅傑・貝文斯三世

必須承認，大抵來說，渠等人數遠勝我類。

漢斯・沃門

托本岱、海格堂、梅塞史密特、布朗。

羅傑・貝文斯三世

實是凸顯出我等奮戰不歇的超群特質。

漢斯・沃門

柯依、曼佛德、雷司立、羅伊。

他們的居所如此死寂。破曉時，當我們各自奔出住處，他們的住所卻一無動靜，而他們的——

羅傑・貝文斯三世

養病箱。

漢斯・沃門

箱內之物棄置，無人理睬，了無生氣。

羅傑・貝文斯三世

遺憾啊。

漢斯・沃門

像棄馬無望等待所愛騎士返回。

羅傑・貝文斯三世

艾格蒙特、陶帝、布萊森甘、費伊。

漢斯・沃門

哈伯諾特、畢優勒、達比、凱爾。

羅傑・貝文斯三世

此等皆是快活歡喜、不慍不火、無欲無求之輩，心滿意足先前生活，即便逗留於此，不過電光石火。

漢斯・沃門

滿面笑容、驚喜感激地望著自己，惠賜我等最後一眼溫柔，便——

羅傑・貝文斯三世

投降。

漢斯・沃門

棄械。

羅傑・貝文斯三世

就擒。

漢斯・沃門

43

我們在貝林威德——丈夫、父親、造船人的碑石處找到他們說的那位紳士。

漢斯・沃門

盤腿頹坐一塊高草地上。

羅傑・貝文斯三世

我們靠近時，他抬起低埋雙手的腦袋，發出嘆息。此時他簡直像尊命名為「殤」的雕像。

漢斯・沃門

沃門先生問，如何？

我有點遲疑。

牧師不會贊成。
他說，牧師又不在這兒。

羅傑・貝文斯三世

44

為了占據紳士的最大面積，我採取相同坐姿，彎腰盤腿坐上他的大腿。

漢斯・沃門

這兩人合而為一盤坐者，沃門先生雄壯的腰身漫出紳士的輪廓，巨大陽具整個放在紳士身旁，翹指月亮。

羅傑・貝文斯三世

奇觀，
真是奇。
我大叫，貝文斯，進來啊！切莫錯過。

漢斯・沃門

我也採用相同盤腿坐姿進入。

我們三人合而為一。

約莫如此。

羅傑・貝文斯三世

漢斯・沃門

羅傑・貝文斯三世

45

這人有草原的觸感。

漢斯・沃門

是的。

羅傑・貝文斯三世

彷彿踏入夏夜穀倉。

漢斯・沃門

或者草原上一間散發霉味的辦公室，裡面依然燈火通明。

羅傑・貝文斯三世

空曠。風蝕。嶄新。哀傷。

漢斯・沃門

寬闊。好奇。心如止水。胸懷大志。

羅傑・貝文斯三世

微駝。

漢斯・沃門

右靴磨損。

羅傑・貝文斯三世

（年輕）貝文斯先生的進入，讓這位紳士思緒稍偏，飄回他（狂野）年少時的一幕：一個口音溫柔，雙頰骯髒，雙眼溫和、身軀微微後仰的女孩害羞地在泥濘小徑上領路，搖晃的綠色裙襬沾了蕁麻，此時，紳士心中泛起一絲羞愧，因為他領略到她並非好女孩，亦即，比淑女們來得野性難馴，亦即，甚至不懂讀寫。

漢斯・沃門

察覺自己的回憶，紳士臉兒發燙（我們也能感覺），他竟在這種悲愴時刻憶起如此齷齪之事。

羅傑・貝文斯三世

他迅速將思緒（我們的）轉往其他方向，將不當念想拋諸腦後。

漢斯・沃門

46

想在腦海「浮現」孩兒的臉孔。

羅傑・貝文斯三世

無法。

漢斯・沃門

想「聽聞」孩兒的笑聲。

羅傑・貝文斯三世

無法。

漢斯・沃門

回想有關男孩的某件事，或許可以——

羅傑・貝文斯三世

（真的有用。）

紳士想起男孩初次試穿西裝。

我們第一次給他試穿西裝，他低頭看褲子，然後抬頭看我，滿臉驚奇，彷彿在說：父親，我穿上大人的褲子了。

打赤膊。赤足。白色胖肚皮像老人。然後穿上有袖扣的襯衫，扣上鈕釦。

小肚皮，掰掰，我們給您「著襯衫」囉。

「著襯衫」？父親，好像沒這個詞？

我為他打上小領帶。讓他轉一圈來看。

我說，看來，我們好好打扮了一個野人。

他齜牙咧嘴。頭髮翹起，兩頰通紅。（剛剛才在店裡亂跑，撞倒了襪子架。）裁縫跟我聯手演戲，隆重端出一件小外套。

當我為他穿上外套，他露出孩子氣笑容。

他說，父親，我看起來不錯吧？

然後，他的思緒停頓了，我們只好四處張望：光禿的樹映著黑藍色的天。

小外套小外套小外套。

我們的腦袋迴盪這個字眼。
天際，一顆星滅而復閃。
就是他現在穿的這一件。
噢。
同樣的小外套。只不過穿的人已——
（真希望這不是事實。）
折損。
折損的蒼白東西。
為何它不再運作。哪個神奇字眼能令其運作。何人是這字眼的保守者。關閉它於祂又有何益。什麼樣的機關設計。如何運作的。何種生命力使其運作。這個神妙的小機器。如此設計。生命力一觸，瞬間便有了生氣。

何物撲滅了那生命力。這是何等罪惡。何人如此大膽。摧毀此等神蹟。準此，謀殺實乃至惡。願我主必不讓我肇此悲慘——

漢斯・沃門

此時發生惱人事——

羅傑・貝文斯三世

我們抹抹臉，試圖壓抑某個剛浮上來的思緒。

漢斯・沃門

顯然並不成功——

羅傑・貝文斯三世

那思緒排山倒海而來。

漢斯・沃門

47

小威利．林肯安葬那天，正是聯邦軍唐納森堡勝戰傷亡報告公布日，那份報告在當時引起極大震撼，戰爭的傷亡代價攀至新高。

——摘自〈釐清事實：回憶錄，錯誤與迴避〉
傑森．杜恩著
刊於《美國歷史期刊》

儘管小威利還在入殮，傷亡報告還是呈給總統了。

——艾維納斯（同前）

兩邊死亡合計超過千人，受傷人數更達三倍。一位年輕聯邦軍士兵告訴父親「那是空前血戰」，儘管取得勝利，他依然心靈重創，「哀傷，孤寂，沮喪」。他的小隊八十五人，僅有七人存活。

——古德溫（同前）

老天，唐納森堡的傷亡啊。一個疊一個疊一個，像脫殼的穀粒。我事後打那兒經過，感覺很不好。上帝啊，這是我幹的。

——摘自《戰爭回憶》

引述丹尼爾·布勞爾中尉

死亡千人。前所未聞。看起來是真的大戰了。

——摘自《參戰士兵口中的大戰》

馬歇爾·騰布著

屍體維持死前姿勢，各式各樣。有人抓著槍，好像還在射擊，有人冰冷的手握住彈匣，正準備上膛。有人臉上掛著和平欣喜的微笑，有的則滿臉恨意。好似不同表情恰恰反映出此人被死亡使者帶走那刻的思緒。或許那個看起來頗尊貴、微笑臉蛋半仰、光滑長髮浸在自身血液裡的年輕人，年輕生命溜走那刻，正感覺母親的祈禱悄然而至。他身旁躺的那位年輕丈夫嘴邊還掛著對妻兒的禱告。年老或年輕，美德或邪惡，都忠實呈現在這些可怕的死亡面容裡。我們面前躺著焦黑屍體，都是活活燒死的。受傷過重，無法逃命，被烈焰吞噬。

——摘自《內戰時期：國家生活逐日記》

羅伯·E·丹尼編輯

引述陸熙斯·W·巴伯下士
伊利諾州第十五自願步兵團，唐納森堡戰役參戰者

我從未見過死人。現在看夠了。有個可憐少年人屍體凍僵，恐懼看著自身傷口，瞠目結舌。部分內臟掉落肋部下方，薄冰掩蓋，紅紫一片。我的梳妝臺上有張耶穌聖心的卡片，這人感覺有點像，只是紅紫部位更下面更大一點，偏到一側，而且眼神恐懼朝下。

摘自《恐怖榮光：內戰士兵家書集》
布萊恩·貝爾與李碧·楚司特合編

噢，母親，火焰燒過凍僵的死屍與傷者。我們找到一個還有呼吸的，抬回營區，他嚴重燒傷，渾身赤裸，只剩一條褲腿，我們根本搞不清他是敵軍還是我軍。不知道他後來如何。可憐的傢伙，看起來應當沒有太大希望。

摘自《一位伊利諾士兵的書信》
山姆·威斯編輯
引述二等兵艾德華·蓋茲
伊利諾州第十五自願步兵團

我們二、三人拖起一具屍體，抬走。天氣寒冷，屍體完全凍僵。就在那天，我知道人啊，什麼事都可以適應。要不了多久，這活兒就變得很正常，我們甚至開起玩笑，依照那些屍體的模樣，給他們取綽號。譬如「彎腰的」、「震驚的」，還有「半具男孩」。

——布勞爾（同前）

找到兩具手牽手的，看起來不超過十四、十五歲。好像他們決定手牽手一起穿越黑暗入口。

——蓋茲（同前）

先生啊，還要死多少人吶，您才要罷手？上一分鐘，俺家的小納特還拿著魚竿站在橋上。現在呢？這孩兒去哪兒了？是誰召喚他的？他在奧比斯鎮上看到告示，上面寫的正是您的名字吶，先生——亞伯拉罕．林肯！

——羅伯．漢斯沃茲書信，馬里蘭州布恩斯伯

摘自《寫給林肯總統的鄉人書信集》

約瑟芬．班納與艾佛琳．戴斯曼編輯

48

我兒只是其中一人。

我便已痛澈心肺。

迄至今日。此種哀痛，我親自送出，三千有餘。那些孩兒，別人家的孩兒。堆積如山。我必須貫徹。未必能辦到。唯有無視結果，方能成事。但是這裡就躺著一個依我命令而導致的——

我未必忍心。

怎麼辦？叫停？讓那三千人的損失付諸流水？追求和平？成為見風轉舵的笨蛋，猶豫不決大王、萬世笑柄，搖擺不定的鄉巴佬，高瘦的急轉彎先生？

這事已經失控。是誰的作為。誰造成的。這種場面，孰令致之？

我所司何事。

為何在此。

眼前盡為荒誕。弔唁者伸出雙手，掛著強裝的哀傷面具，掩飾可能洩漏的幸福——而這幸福還將持續。

他們無法掩飾自己的生趣盎然，因為他們的孩兒還活著，未來充滿幸福的可能。不久前，我也是其中一員。吹著口哨走過屠殺煉獄，眼神迴避屍身，能笑，能夢，懷抱希望，因為死亡尚未降臨己身。

我們的身上。

陷阱。恐怖陷阱。這是與生俱來之羅網。終結之日必定來臨。屆時，你得拋卻臭皮囊。已然甚慘。我們還把孩子帶到世間。陷阱復陷阱。這孩子也終必離開人世。思及此，所有快樂都應蒙上陰影。但是我們懷抱希望，全然忘卻。

主啊，我們行走，我們戮力，我們微笑、鞠躬、說笑？這究竟算什麼？我們坐在桌邊、熨襯衫、打領帶、擦皮鞋、計畫旅行、洗澡時高歌。這究竟又算什麼？

當他一人孤獨被置於此。

我該和以前一樣？點頭、跳舞、思考、走路，議論？

遊行隊伍經過。他無法起身參加。而我該追逐隊伍，插入其中，跨正步，揮舞旗幟，吹奏號角？

他難道不是我的至愛？

如果是，讓我從此歡樂不再。

漢斯・沃門

49

他的身體非常冷。（待在紳士體內，這是我們首度——

漢斯・沃門

在一人體內待那麼久。

羅傑・貝文斯三世

我們也冷極了。）

漢斯・沃門

他坐在那裡，發抖，煩惱，尋求安慰。

紳士心想：

他一定到了快樂的地方，或者歸於虛無。

無論何者，他已不再痛苦。

末期時，他吃了很大苦頭。

（劇烈的咳嗽顫抖嘔吐可憐兮兮地用發抖的手抹乾嘴角驚恐眼神偷偷望著我彷彿在說爸爸您難道沒辦法了嗎？）

此刻紳士的心情就像站在孤寂的平原（我們也跟他站在一起），撕心扯肺（我們的肺）吶喊。

然後安靜下來，至為疲憊。

一切都結束了。他不是得到至喜便是處於虛空。

（那又何必哀傷？對他而言，最壞的已經過去。）

因為我非常愛他，愛已成習慣，愛，必須寵溺關心、牽腸掛肚、付諸行動。

只是行動已無益。

我必須盡力擺脫黑暗，免於瘋狂，行有用之事。

想念他時，我該想著他已經置身光明所在，免於痛苦，擁有光燦新生命。

紳士如是想。

一邊深思，一邊撫平身畔的草。

羅傑・貝文斯三世

50

悲哀。

非常。

尤其我們深知。

他的孩兒並非「置身光明所在，免於痛苦」。

羅傑・貝文斯三世

漢斯・沃門

羅傑・貝文斯三世

漢斯・沃門

不。

羅傑·貝文斯三世

也沒擁有「光燦新生命」。

漢斯·沃門

恰恰相反。

羅傑·貝文斯三世

我們頭頂一陣狂風掃過，抖落許多暴風雨弄斷的樹枝。

漢斯·沃門

掉落或遠或近的地面。

羅傑·貝文斯三世

林裡似乎到處是剛被驚醒的動物。

漢斯·沃門

沃門先生說，怎啦？
我則知何事即臨。

羅傑・貝文斯三世

51

我們期盼那男孩離開，拯救自己。他的父親寄望他「置身光明所在，免於痛苦，擁有光燦新生命」。

一連串快樂期許。

看來，我們必須說服那位紳士隨我們回白石屋。之後，我們得鼓勵男孩進入紳士體內，希望他聽見父親的心願，便能說服他——

漢斯・沃門

構想甚佳。

方法闕如。

羅傑・貝文斯三世

（此事由來眾說紛紜。）

漢斯・沃門

沒什麼紛紜的，朋友。
我們根本沒有跟彼類溝通的能力，遑論說服他們做任何事情。
您心裡也明白。

羅傑・貝文斯三世

52

礙難苟同。

漢斯・沃門

您該記得，我們曾催生一段婚姻。

羅傑・貝文斯三世

此說可議。

漢斯・沃門

一對已經瀕臨解除婚約的情侶踱步至此，在我等的影響下，改變了決定。

純屬巧合。

羅傑・貝文斯三世

我們數人，包括海塔爾、我們仨，還有那個叫什麼名字的，那個身首異處的傢伙？

漢斯・沃門

艾勒斯。

羅傑・貝文斯三世

沒錯，艾勒斯！

因為窮極無聊，我們一哄而上進入那對情侶的身體，藉由我們的合力專注期許，影響了——

漢斯・沃門

唯一能確定的是：

他們突然激情上身，躲到某棟石屋後。

羅傑・貝文斯三世

依上述激情行事。

漢斯・沃門

我們則在一旁觀看。

羅傑・貝文斯三世

現今思之，一旁觀看這事，我有點疑慮。

漢斯・沃門

當時您可一點疑慮也沒，親愛的朋友。您那貨還膨脹至驚人尺寸。雖說素日，它也都是腫到——

羅傑・貝文斯三世

我記得您也在旁注目。不記得您的許多雙眼睛曾迴避——

漢斯・沃門

沒錯。目睹如此激情，真是振奮啊。
他們的擁抱如此熱烈。

羅傑・貝文斯三世

是的。
激烈的歡愉呻吟讓樹梢鳥兒振翅而飛。

漢斯・沃門

之後，他們再度相許，復合修好，手牽手離去，又是一對未婚夫妻。

羅傑・貝文斯三世

是我等的功勞。

漢斯・沃門

哎喲。他們年輕，急色，在美麗春夜獨處僻靜之處。根本不需要任何幫助——

羅傑・貝文斯三世

朋友：

我們已經在這裡。

在他體內。

火車即將撞山，而您手握開關，可以逆轉形勢：您會丟掉開關嗎？明知災難必隨之而至。

又沒任何損失。

何妨一試？

漢斯・沃門

53

在紳士體內，貝文斯先生握住我的手。

漢斯・沃門

我們開始。

羅傑・貝文斯三世

說服這位紳士。

漢斯・沃門

試圖說服。

羅傑・貝文斯三世

我們一起聯想白石屋。

漢斯・沃門

想那男孩。

羅傑・貝文斯三世

他的臉、頭髮、聲音。

漢斯・沃門

他的灰色西裝。

羅傑・貝文斯三世

內八字腳。

漢斯・沃門

磨損的鞋。

羅傑・貝文斯三世

我們齊力發念：起身，回去。您的孩兒需要您的建議。

漢斯・沃門

他處境危殆。

羅傑・貝文斯三世

稚齡者滯留此地實為可憎之事。

漢斯・沃門

他的固執天性在先前世界是美德，在此卻危及自身，此地天律專斷嚴苛，不容違抗，必須徹底奉行。

羅傑・貝文斯三世

因此，我們請求您起身。

漢斯・沃門

隨我們一同回去拯救您的孩兒。

羅傑・貝文斯三世

似乎無效。

漢斯・沃門

那位紳士就只是坐著，撫摸草地，心不在焉。

羅傑・貝文斯三世

必須更直接點。

漢斯・沃門

我們同意將心思一起轉向關於川納小姐的某個回憶。

羅傑・貝文斯三世

去年聖誕佳節，我們前往造訪，發現神聖假日形成特別壓力，她已超越斷橋、禿鷹、大狗、狼吞虎嚥黑色蛋糕的醜惡老婆子、販賣泡水玉米的攤子、一把被無形強風吹弄開花的雨傘——。

漢斯・沃門

幻化成即將被燒成灰燼的古老修道院，裡面有十五位激烈爭吵的修女。

羅傑・貝文斯三世

那是跟女孩身體同大小的阿奎達風格修道院，微小修女塞在其中，正開始晨禱。

漢斯・沃門

突然，那地方（亦即女孩）著火了：尖叫、吶喊、咆哮，有人發誓如果獲救就會摒棄神聖誓言。

羅傑・貝文斯三世

沒人獲救，全部魂歸離恨天。

漢斯・沃門

我們齊力重聞、重聽、重看那個場面：馨香味；沿著牆邊散發香氣的鼠尾草叢；山坡上隨和風飄下的玫瑰花香；修女的驚聲尖叫；修女們小小的腳奔向通往鎮上紅土小徑的聲音——

羅傑・貝文斯三世

沒作用。

漢斯・沃門

他只是呆坐。

羅傑・貝文斯三世

現在，我們共同注意到一個東西。
漢斯・沃門

他的左邊褲袋。
羅傑・貝文斯三世

有個鎖。
漢斯・沃門

那是白石屋的鎖。
羅傑・貝文斯三世

又沉又冰。

鑰匙還掛在上面。
漢斯・沃門

他忘記把鎖掛回去。
羅傑・貝文斯三世

這是簡化我們訴求的大好機會。

漢斯・沃門

我們將注意力轉到那個鎖。

羅傑・貝文斯三世

強調門未上鎖有多危險。

漢斯・沃門

我想著佛列德・唐斯挫敗抓狂，因為酒醉的解剖系學生把他的病體裝包，扔上馬車，馬兒聞到氣味，驚醒昂頭。

羅傑・貝文斯三世

我的腦海則出現史考維太太被狼群撕得爛碎的軀體，斜靠在門口，身、手分離，小小的面紗在她所剩無幾的白髮上飄搖。

想像狼群現正在林子集結，嗅聞空氣——

奔往白石屋。

咆哮，流涎。

破門而入。

諸此等等。

漢斯・沃門

紳士伸手到褲袋。

羅傑・貝文斯三世

抓住那把鎖。

漢斯・沃門

不悅搖搖頭：

這點小事，我怎麼都忘了——

羅傑・貝文斯三世

起身。

漢斯・沃門

離去。

羅傑・貝文斯三世

前往白石屋。

漢斯・沃門

把我跟沃門先生拋在身後的地上。

羅傑・貝文斯三世

54

我們成功了嗎？

看似如此。

漢斯・沃門

羅傑・貝文斯三世

55

由於我們依然彼此混合，沃門先生的部分痕跡自然浮現我心頭，想來我在他的腦海也必如是。

羅傑．貝文斯三世

這是我們不曾有過的狀態——

漢斯．沃門

結果驚人。

羅傑．貝文斯三世

我彷彿首度瞧見這世間的美麗：周遭林木的水珠從葉面墜落地上；淡藍星辰低垂，微差露面；微風飄散著火苗、乾草、河邊堆肥的氣味；風兒正烈時，還能聽見乾燥樹叢的摩擦聲，小溪對面傳來遙遠的雪橇馬兒鈴鐺聲。

漢斯・沃門

我看見安娜的臉，明白他為何不忍拋下她一人。

羅傑・貝文斯三世

我渴望男性氣味與強壯擁抱。

漢斯・沃門

我熟悉且喜愛操作印刷機。（瞭解壓印盤、滾輪掛鉤、夾桿、壓機座）。憶起那根熟悉的橫梁砸落時，我是多麼訝異。憶起暈眩恐慌的最後那刻。我面朝下壓垮書桌；有人（皮特斯先生）在前廳尖叫，華盛頓半身塑像砸在我身上，整個粉碎。

羅傑・貝文斯三世

火爐嘶響。極度驚恐下，我撞翻一張椅子。血沿著地板縫隙在隔壁房間地毯邊緣形成小窪。我還可以獲救。人生在世，誰能無錯？世間溫善，懂得原諒，充滿二次機會。當我打破母親的花瓶，不就被罰打掃水果地窖？當我對女僕蘇菲雅口氣不善，我便寫信致歉，不也就和好如初？

漢斯・沃門

明日，只要我一痊癒，便會與她敦倫。我會賣掉印刷廠。我們會去旅行。造訪許多新城市。我會看她穿著各式顏色衣裳。這些衣裳則會墜落不同地板。我們已是朋友，將更上層樓：套句她的美妙說法，將每日致力「拓展幸福的領域」。還會生養孩子：我還不老，才四十六歲，而她風華正茂──

羅傑．貝文斯三世

以前，我們為什麼沒試過？

漢斯．沃門

我認識這傢伙許多年了，卻從未真正認識。

羅傑．貝文斯三世

這種經驗極端愉悅。

漢斯．沃門

對當前之務卻毫無助益。

羅傑．貝文斯三世

那位紳士已走遠。

回去白石屋。

漢斯・沃門

我們的敦促結果！

羅傑・貝文斯三世

噢，多美好的夜晚！

漢斯・沃門

我離開沃門先生的身體。

羅傑・貝文斯三世

貝文斯先生一離開，我馬上渴欲他的存在以及與他相關的經驗，強烈程度不亞於我當年首次離家，前往巴爾的摩當學徒時對父母的追想。

我和貝文斯先生的共存經驗就有這麼強。

我再也不會忽略他的全貌：親愛的貝文斯先生！

漢斯・沃門

親愛的沃門先生！

我看著他；他看著我。

羅傑・貝文斯三世

爾後，我們的體內都將有部分彼此。

漢斯・沃門

不只如此。

羅傑・貝文斯三世

我們彷彿也認識了那位紳士。

漢斯・沃門

離開沃門先生與那位紳士的身體，我有驚人發現。他是**林肯先生**。而林肯先生是**總統**。怎麼可能？

不可能。我確知總統是泰勒先生。

羅傑・貝文斯三世

居大位者是波爾克先生啊。

漢斯・沃門

但是我確知林肯先生是總統。現正戰爭。可是我們哪有打仗？局勢混沌。可是眼下一片平靜啊。有人發明了遠距離通訊的東西。這樣的東西並不存在。永遠不可能。瘋狂的構想。可我確實看過那東西，用過它，腦海裡還聽得見它操作時的聲音。

那是：電報。

我的天！

羅傑・貝文斯三世

我被橫梁砸中那天，波爾克是總統。現在我知道（驚人清晰）波爾克之後是泰勒，泰勒之後是菲爾莫爾，然後是皮爾斯——

漢斯・沃門

皮爾斯之後布坎南，布坎南之後是——

羅傑・貝文斯三世

林肯！

漢斯・沃門

林肯總統！

羅傑・貝文斯三世

鐵路開到比波士頓還遠——

漢斯・沃門

遠很多！

羅傑・貝文斯三世

約克公爵睡帽退流行。現在還有一種「劃開型蓬蓬袖」。

漢斯・沃門

劇院採用煤氣燈。表演時還有條狀照明燈與腳燈。

羅傑・貝文斯三世

呈現景象可謂奇蹟。

漢斯・沃門

真乃劇院革命。

羅傑・貝文斯三世

演員表情清晰可見。

漢斯・沃門

表演提升到寫實主義的全新層次。

羅傑・貝文斯三世

很難解釋這些新發現帶給我們的困惑衝擊。

漢斯・沃門

我們轉身，連趕帶跑前往白石屋，一邊興奮滔滔。

羅傑・貝文斯三世

貝文斯先生的頭髮，眾多的眼睛、手、鼻全因高速甩向身後。

漢斯・沃門

沃門先生握著巨大陽具，以免絆倒。

羅傑・貝文斯三世

沒多久，我們便到了下風處，近到林肯先生身上氣味清晰可聞。

漢斯・沃門

肥皂、髮油、豬肉、咖啡、香菸。

羅傑・貝文斯三世

牛奶、馨香、皮革。

漢斯・沃門

Chapter 2

第二部

56

一八六二年二月二十五日晚，天氣雖寒，尚稱晴朗，一改首都近日的惡劣天候。威利．林肯已經下葬，葬禮相關活動告一段落。全國屏息以待總統能在國家危殆之際自信地重新掌舵。

——摘自《虔誠的林肯：必要之旅》C．R．狄派奇著

57

凌晨二時，總統還未返回白宮。我想過要叫醒林肯夫人。雖然總統夜間獨自騎馬外出並不罕見，還常拒絕隨從。今晚，他騎喜歡的那匹小傑克外出。夜裡又濕又冷。他未帶長外套，仍在掛鉤上。儘管他身強體健，回來時也鐵定凍壞。我守在門邊崗位，偶爾走出去聆聽小傑克的蹄聲。又過半小時，仍未見林肯先生。如果我是他，我鐵定一路騎，不回頭，騎回西部，回到位低煩少的生活。

三時來了又走，我開始想林肯先生或許真這麼幹了。

我再度考慮叫醒林肯夫人。可是委實不忍。她的狀況很差。林肯先生會在這種時候單獨留下她，實在奇怪。不過，她服用了強力鎮靜劑，應該不知他出門了。

——席亞德（同前）

引述白宮守衛保羅・萊斯

58

瑪麗·林肯的精神狀態始終不好，小威利之死更讓她無法履行母職與妻職。

摘自《一位母親的試煉：瑪麗·林肯與內戰》
珍恩·卡司特著

下午二時，我聽到小威利的房間傳來恐怖騷動。那個時刻終於來了。林肯夫人衝過我身旁，頭兒低垂，她發出的叫聲，我從未聽人叫過，之後也沒。

席亞德（同前）
引述女僕蘇菲·雷諾克斯

總統的嚎啕猶可形容，夫人的則無可描繪。

艾波斯坦（同前）

夭折孩兒的蒼白臉孔讓她驚厥。

凱柯莉（同前）

頹倒在床。

——馮．德萊爾（同前）

完全變了個人。

——凱柯莉（同前）

醫師開了鴉片酊。強力處方仍壓不住她痛苦的悲鳴與難以置信的憤怒。

——卡司特（同前）

林肯夫人虛弱到無法參加葬禮。

——李琪（同前）

葬禮後，瑪麗．林肯整整臥床十天。

——摘自《浴火重生的仕女：瑪麗．林肯之旅》
凱文．史汪尼著

悲劇之後，林肯夫人數星期無法離開房間或者起床。

——史龍（同前）

一個月後，她終於露面，有如行屍走肉，好像不認得我們了。

席亞德（同前）

引述管家D·史壯佛特

某些打擊對脆弱之人太過沉重。

卡司特（同前）

她躺在床上，期盼這事沒發生；不敢置信如此，卻又得再次相信已經如此。同樣的牆壁、床褥、杯子、天花板、窗戶。她無法起身離開房間，外面的世界而今如此可怕。她啜飲藥水，這是她獲得平靜的唯一希望。

史汪尼（同前）

她不斷問，我的孩兒呢？他在哪裡？誰去找他，立刻把他帶來？他不是該在某處嗎？

席亞德（同前）

引述女僕蘇菲·雷諾克斯

59

親愛的哥哥，四周靜謐——只有火光跳躍，還有親愛的葛蕾絲在你以前的房間打酣，我安排她住在那兒就近照顧我，陪我度過漫漫長夜——月光照亮周遭，遠遠近近淨是昨夜暴風雨的殘骸，巨大樹幹垮靠墓窖、壓過墳墓——你可能還記得某尊穿著羅馬服的禿頭雕像（我們叫他莫蒂），一腳踏在蛇頸上，你也該記得某個淘氣年輕人一直朝上扔毛衣，終於掛到「莫蒂」的劍梢上——唉，「莫蒂」已成過去式——至少已不是原來的莫蒂——大樹枝砸斷了他的手，劍也跟著落下，削斷蛇的腦袋——現在，莫蒂的手臂、劍與蛇頭堆成一堆——而莫蒂似乎大驚自己並非不朽，從基座整個歪掉。

方才我一定是盹著了——眼下快四時——對面墓園籬笆居然綁了一匹馬——疲憊安靜的傢伙，點著頭似乎在說：唉，雖然三更半夜置身**死者**庭院，但我是**馬**，必須服從。

我現在可以解謎來消遣了——是誰這麼晚還來？——我希望是個年輕人來致意已逝愛人。

曼德斯的小小警衛屋燈火通明，他在窗前來回踱步，這是他的習慣——你可能還記得就是他爬上梯子取下莫蒂劍梢上的毛衣——他老了些，看似因為沉重家累——現在他離開警衛屋——燈籠火光漸行漸遠——我猜他在尋找我們的「夜半訪客」——太有趣了——如果有人認為殘障如我者就缺乏刺激，今晚真該坐到窗前我的身旁——我想今晚不睡了，曼德斯找到那傢伙後，我倒要看看他的臉。

——波金斯（同前）

60

與男孩單獨留在白石屋頂，我決心最後一次說服他。他在我腳邊，幾近生機全無，像暈眩墜落的帕夏王子。

貝文斯與沃門先生年輕不懂事的欺騙行為傷害了我的感情，他們急匆匆追尋芝麻綠豆的樂趣，讓我陷入苦境。我像手無寸鐵的園丁，辛苦彎腰，徒手緊握那些觸鬚。我必須不時決定是先處理那些已經纏上男孩的，或者它們剛冒出來的兄弟。老實講，我怎麼做都無關緊要：男孩已經時刻無多。

不久，一個讓我與男孩坦誠對話的機會降臨了。

當我張望冒失鬼貝文斯與沃門的蹤跡，卻看到克勞屈兄弟自林子鬼祟現身，照例，身邊還有雷迪夫婦，這四人是旗桿區附近最墮落、縱慾狂歡的一丘之貉。

馬特．克勞屈說，我們前來一觀。

李查．克勞屈說，敗亡的過程。

雷迪太太說，我們很感興趣。

馬特．克勞屈說，女孩那一次我們也親眼目睹。

雷迪先生說，實在刺激。

雷迪太太說，大大提振我們的精神。

雷迪先生說，我們都需要提振一下。

馬特．克勞屈，誰叫我們置身這屎窩啊。

雷迪先生說，別批判我們。

雷迪太太說，批判也無所謂。

馬特．克勞屈，只會讓我們更淘氣。

李查．克勞屈跨步到雷迪太太身旁，說：各憑所好唄。

雷迪太太說，或許吧。一邊伸手到他的褲袋。

這群人淪落成貪婪張望的喧賓奪主者：被男孩的不幸吸引而至的噁心禿鷹。接著，起身，雙手交握，幻化成某種奇特恐怖的東西，不斷抬舉的雙臂與有節奏的喘氣聲，給人一種獨特的機械印象。

我跟男孩說，你瞧瞧。還認為這是個好地方嗎？健康的所在嗎？這些人看起來正常嗎？值得你效法嗎？

男孩說，您不也還在這兒？

我說，我不一樣。

他說，跟我不同？

我說，跟所有人都不同。

他問，怎麼不同？
我差點動搖，告訴他實情。

艾維力・湯姆斯牧師

61

因為我的確不同，是的。

異於彼等（貝文斯、沃門，以及數十位共居於此的天真之人），我清楚知悉自己為何物。

我不是「病了」，不是「躺在廚房地板」，不是「在養病箱接受治療」，不是「等著被救活」。

不。

最後時刻，我躺在客房裡，瞧見隔鄰雷德納的磚牆攀爬開花植物（那是六月初），我的心因畢生傳道而平穩感恩，知命認命，即便那時，我也清楚知悉自己為何物。

我是死人。

渴望離開。

因此，我走了。

是的：物質光閃爆現象伴隨著令人膽寒的霹靂聲（難以述說的經驗），我走了。（身處其中）我知道這現象因我而生，但我也是（驚奇的）旁觀者。

我走在高山小徑，前有兩人，我知道他們是幾秒鐘前的逝者。一人穿了便宜的入殮衣裳，像遊客一樣四處張望，頗詭異的，他還一路哼歌，透露出固執無知的空洞快樂。貌似已死，態度卻是：哈，哈，然後咧？另一人穿黃色泳衣，火紅鬍子，神色憤怒，彷彿急匆匆奔赴他極不樂意前往之處。前者來自賓州，後者來自緬因州（班戈或者附近地方）；他多數時間幹農活，經常到海邊，在岩石上一坐數小時。

他身著泳衣，因為溺水而亡。

不知為什麼，我就是知道。

走在小徑時，我不時回到這裡。回到墳墓裡；棺中之物（臉皮乾枯、呆板拘謹的老骨董）嚇得我奔出墳墓，站在上面，焦慮來回奔馳。

我的妻子跟教會信眾正在告別，他們的啜泣變成綠色小匕首射中我：我是說真的匕首。每啜泣一聲，便有一把匕首飛離哀悼者，射入我的身體，痛極。

然後，我回到那兒，跟兩位朋友站在小徑上。下面遠處有個山谷，不知怎的，我知道那是我們的目的地。眼前出現一排石階。我的同伴駐足，回首。他們知道我是神職人員（穿著神職衣裳下葬），似乎在問：該繼續前行嗎？

我表示應該。

山谷傳來頌唱聲、雀躍聲，還有鐘聲。聞之令人心滿意足。我們經歷跋涉，終於抵達終點，該是歡慶時刻了。這樣壯觀的結局蓋棺論定了我的一生，我心中充滿喜悅。

然而，令人懊惱，我又回到此地：我的妻子跟教會信眾開始搭馬車離去，偶爾還會射出綠色匕首，而不管他們行至多遠，匕首刺痛均未見稍減。我還在墳前來回踱步，但是我知道，弔唁者已經穿過波多馬克河，參加裴維斯餐廳的葬禮聚餐。我極端恐懼自己困陷此地，一心只想回那邊與石階上的朋友同行。此處現在令人厭惡：只是埋骨場、納骨塔、垃圾堆，來自我剛醒來的一場沮喪醜惡物質噩夢。

就在這麼想的瞬間，我又回到了那裡。跟我的朋友步下石階，進入陽光普照的草原。草原上矗立一棟前所未見的巨大建築，板條與楔子都是最高純度的鑽石做成，光線明暗稍有不同，燦爛光彩隨之改變。

我們手挽手前進。身邊人群圍繞，催促我們前行。門前儀仗隊燦笑歡迎。

大門倏地打開。

裡面，巨大鑽石地板延伸到一張鑽石桌前，那裡坐著一位王子；我知道那不是基督，而是基督的親使。這房間有點像我小時候去過的哈特立家倉庫，大得嚇死人，挑高屋梁，模樣森嚴，更因裡面坐著威嚴人物（以前是哈特立；現在是基督親使），而他們身旁便是光與熱的來源（以前是火爐；現在則是一塊矗立在純金座上、表面凹凸的黃玉，火焰來自那裡）。

我們知道該依先前順序上前。

紅鬍子穿泳衣的可笑朋友率先。

兩旁各現一美麗造物，高瘦，粲然，腳上射出黃色陽光，踏著整齊步伐陪同他一起走到桌前。

一物問，你的一生如何？

另一物說，誠實道來。他們分站兩邊，各自以頭抵著我的朋友。

他們滿意自己所見，露出笑容。

右邊那物說，我們可以核實嗎？

我的紅鬍子朋友說，當然，正如我願。

腳上發黃光的右物唱出一聲快樂的單音符，頓時，數個較小分身自他身上旋舞而出（這個詞彙旨在表達他們動作優雅），手捧大鏡子，鏡框鑲珠寶。

腳上發黃光的左物也唱出他的快樂單音符，數個較小分身以極為細膩的連續體操動作從他身上滾出來，捧著一個秤。

鑽石桌前的基督親使說，速速檢查。

右邊那物將鏡子捧至紅鬍子面前，左邊那物則微帶歉意，輕巧伸入紅鬍子的胸膛，扯出他的心，放在秤上。

右邊那物檢查鏡子。左邊那物察看磅秤。

基督親使說，很好。

右邊那物說，我們真真為你歡喜。我則難以描述四周迴盪的歡慶聲。我現在明白我所處的是廣袤國度的巨大宮殿。

大廳遠處兩扇巨大鑽石門倏地打開，裡面是一個更大的廳。

大廳裡有白色純絲帳棚（這是貶抑的稱呼，因為它不是人間的絲，而是品質更完美、更高等的東西，相較之下，人間的絲簡直是可笑贗品），帳棚裡，盛宴正要開始，高臺上坐著盛宴主人，榮耀的王，王之旁有張空椅（堂皇，鋪金，那金好像是由光揮灑而成，粒粒散發喜悅與歡唱），我知道那張椅子是給我紅鬍子朋友的。

基督是帳棚裡的王；我現在看出鑽石桌前的王子／親使也是基督的化身，或者第二外射[20]。

我無法解釋。

紅鬍子以特有的雀躍步伐穿過鑽石門，門闔上。

年近八十，我從未體驗過這樣的苦樂對比。快樂源自我遠遠窺見輝煌帳棚，哀傷來自我尚未置身於內，幾秒延宕都像恐怖永恆。

我啜泣起來，來自賓州身著殮服的朋友也是。

不過他的啜泣至少混合期待：因為他是下一個，他與帳棚的分隔遠比我短。

他上前。

右邊那物問：你的一生如何？

另一旁之物說，誠實道來。他們各站一邊抵著他的頭。

隨即退縮，奔至大廳兩邊的灰色石盆，嘔出兩道彩色液體。

他們的小分身連忙跑去拿毛巾給他們拭嘴。

右邊那物說，我們可以核實嗎？

那人說，等等，你們究竟看到什麼——

太晚了。

右邊那物發出不祥的單音符，身上滾出數個又瘸又醜的小分身，捧著一面塗糞的鏡子。左邊那物則發出陰暗惱人的單音符，身上滾出數個小分身，以笨拙抽搐且有指控意味的體操動作滾向前，捧出一個秤。

基督／王子嚴厲地說，速速核驗。

穿著殮服的男子說，我不明白您的指示。可容我——

右邊那物把鏡子舉到殮服男子面前，左邊那物以熟練且暴力的動作挖出他的心放到磅秤上。

基督／親使說，哎喲。

恐怖的譴責與哀悼聲迴盪整個國度。

鑽石門倏地打開。

我不敢相信裡面的變化。帳棚不再是絲製，而是肉（粉紅，血跡噴濺）；盛宴不再是盛宴，大廳長桌躺了無數人體，處於各種折磨狀態；主人不再是基督，也非我王，而是雙手血腥的獠牙獸，身著硫磺色袍子，上面還有內臟殘渣。我還瞧見廳內有三個女人與一名駝背老人，身上掛著長長（自己的）腸子（恐怖！），最恐怖的莫過我那位身著殮服的朋友被拖進去時，他們的尖聲歡叫，以及那可憐傢伙片刻不敢停的笑容，彷彿在討好擄獲者，列出自己在賓州所行善事，以及威爾克斯巴里地區有多少好人願意為他擔保，召來即知。幾個完全由火形成的造物拖著他前往酷刑桌，他用力掙扎，它們的炙熱火焰立刻使殮服起火，痛苦之劇，以致他再難掙扎，無法動彈，只能短暫轉頭，恐懼雙眼望著我。

鑽石門砰地關上。

輪到我了。

右邊那物問，你的一生如何？

近看，他像是我以前學校的普林都先生，每次鞭子精準落下時，他就會緊抿嘴露出酷虐笑容。

另一物警告說，如實道來。他的聲音跟我那位面無表情的金恩叔叔一樣（總是對我很兇，一次酒醉，還將我推下穀倉樓梯）。他們各自抵住我的頭。

我努力讓他們完全進入；毫無保留，毫無隱瞞；誠實呈現一生。

他們比先前退得更猛，小分身捧著更大的灰色石盆奔來，兩位腳上黃光的裁判朝內痙攣嘔吐。

我望向基督／親使。

左邊那物說，我們可以核實嗎？右邊伸來塗糞鏡子，左邊遞出了秤。

基督／親使說，速速查驗。

我轉身就跑。

不知為什麼，沒人追我。他們本可輕鬆逮住我的。當然可以！逃命時，火焰咻咻飛過我耳際，火焰傳出低語：

不准多言。

否則回來會有更慘際遇。

（回來？恐懼像碎片刺進我的胸膛，至今仍在。）

我在小徑上奔逃了數天，數周，數月，一日停下休息，睡著，醒來，就到了……這兒。

回到此地。

無任感激啊。

從那時起，我便一直待在這兒，而且遵囑，對所有人隻字不提。

說了又有何用？身陷此地者已來不及改變命運。為時已晚。我們是陰影、非物質，賞罰依據我們在先前（物質）世界的所為（或不為），已經永遠無法補正。這生的工作已結束；只等付出代價。

我努力思索甚久，我何以得到如此恐怖懲罰？

我不知道。

我不殺、不偷、不虐、不欺；不曾通姦，總是行善，公正公允；我信仰上帝，時刻盡力依祂意旨過活。

卻被罰入地獄。

肇因於我（偶一）信仰動搖？抑或偶起色心？是我抵抗色慾時的高慢？還是我未能追隨慾望的膽怯？是我浪費人生迎合外界規範？或是在家庭責任上犯錯、怠慢、失敗，卻不復記憶？是我在先前世界時，侷限於肉身與靈性，卻（極度！）妄自尊大，深信且妄言自己能想見此間種種？還是我曾犯下我無能理解、至今不察，意欲再犯的罪惡？

好幾次，我忍不住想對貝文斯先生、沃門先生吐露實情，我想說：恐怖的審判正等在前頭。待在這裡，只是拖延。你們已經死了，永遠不可能回到先前世界。天亮時，你們必須返回己身，難道沒注意形骸噁心？你們真相信那堆醜惡朽物還能帶著你們去往他處？（容我多言）你們不該永久滯留於此。我們都不該。我們只是渺小、單一的凡人，對抗我主意旨，假以時日，必被擊潰，離開此地。

但是我遵囑沉默。

此事或許折磨我最甚：不許吐實。我因而總是言不及重點。貝文斯與沃門先生視我為傲慢叨絮、喜愛恫嚇、倚老賣老的冬烘；白眼對待我的苦口婆心，焉知我是以經驗為師，良藥苦口啊。

因此，我躲匿於此，苟延殘喘，膽怯過活，恐懼洞知：我雖不明白自己犯下何罪，我的生死簿和恐怖那日一樣。未見一絲改善，因為無能為力，在此，行動無效。

恐怖。

細思極恐。

有可能別人的經驗迥異於我嗎？他們有可能已經前進他方？有著截然不同的經驗？有可能這一切純是臆想，肇因於我的心靈、信仰、希望與祕密恐懼？

不。

這是真的。

真實如此時在我頭頂搖曳的樹木；真實如屋下的淡色碎石徑；真實如我腳邊被羅網困住、氣若游絲的衰敗男孩（沉緬上述回憶，我疏忽了手邊工作），此刻他的胸口被嚴實綑綁，宛如野蠻印第安人的俘虜；也真實如在小徑上歡奔的貝文斯先生與沃門先生，我從未見過他們如此開心（極度開心）。

沃門先生說，我們辦到了！真的！

貝文斯先生說，是我們的功勞！

沃門先生說，我們進入那人的身體，說服了他！

歡欣鼓舞，他們一前一後跳上屋頂。

一點不假：他們帶回了那位紳士。他來到下面的空地，手持大鎖：那是白石屋的門鎖。雖然他的身軀因哀傷而頹唐，卻把那鎖當蘋果上下拋弄。

月光明燦灑下，我首度看清他的臉。

怎樣一張臉啊。

艾維力・湯姆斯牧師

20 原文為 secondary emanation，來自柏羅提那斯（Plotinus, 205-270），其主張宇宙萬有均源於最高的太一，由「太一」所投射出來之萬有，有些與「太一」相似，有些則否。由於發散出來的萬有與本源的太一有其相似處，故可謂部分的相同（identical），但又因處在發散之過程中，故又與本源相異。與本源相同而未改變的部分，稱之為「統一的原則」。從這個統一原則產生和本源相異的部分，這個過程稱為「外射」過程。但所有萬有都會再返歸此統一原則，稱之為「回歸」。詳見〈雅典學派〉，楊深坑著，國家教育研究院《教育大辭書》。http://terms.naer.edu.tw/detail/1311896/?index=3

62

鼻子厚挺，略微鷹鉤，兩頰瘦削，皺紋深刻，棕膚，豐唇，闊嘴。

摘自《有關林肯與內戰的私人回憶》
詹姆斯．葛摩著[21]

他的眼睛深灰色，清澈，生動，富含表情。

摘自《亞伯拉罕．林肯的一生》
艾薩克．亞諾德著[22]

他的眼睛明亮、靈敏，澄淨的灰色。

摘自《林肯攝像：全輯》
洛伊德．歐斯坦朵夫著[23]
引述馬丁．林勞

濃眉下是深凹的灰棕色眼睛，彷彿黑深的皺紋圈勒而成。

摘自《對林肯先生的私人回憶》

他的眼睛是藍棕色。

——馬基斯・杜・蕭布倫著[24]

他的眼睛是灰藍色，因為上眼瞼異常厚重，經常隱在黑影裡。

——摘自《賀東的報導人》[25]
羅得尼・戴維斯、道格拉斯・威爾森編
引述羅伯・威爾森

和善的藍眼睛，眼皮半垂。

——摘自《白宮半年：畫作後面的故事》
F・B・卡本特著[26]

我會說，林肯總統的眼睛是藍灰色，或者灰藍色，因為，看本人不看照片，藍色光芒永遠閃現。

——摘自〈與林肯同行：一八六五年從華盛頓到雷奇蒙〉
約翰・邦恩斯著[27]

——露絲・潘特・蘭道爾（同前）

是我見過最悲哀的人類眼睛。

摘自《林肯的哀傷：憂鬱症如何挑戰一位總統並讓他偉大》

約書亞・沃夫・襄克著

引述約翰・威德米爾[29]

引述艾德華・達頓・馬歇特[28]

沒有照片能忠實呈現林肯全貌。

摘自〈夜訪林肯〉

刊於《林肯軼事》[30]期刊

引述紐約猶地卡某記者

我們看到的照片不足代表他。

襄克（同前）

引述歐蘭多・菲克林[31]

他睡著的臉是我所見最哀傷的。有時看著那張臉，我忍不住哭泣。

卡本特（同前）

但是當他微笑或放聲大笑……

——歐斯坦朵夫（同前）

引述詹姆斯・麥納[32]

他的臉立刻如燈籠發亮，頓時有了生氣。

——摘自〈男子漢林肯〉

唐・皮埃特著

引述某記者[33]

我從未見過有人像林肯，呆滯與活潑時判若兩人。

——威爾森與戴維斯（同前）

引述賀洛斯・懷特[34]

他髮色深棕，無禿頭跡象。

——摘自《瑪麗：林肯夫人的真實故事》

凱薩琳・海姆著[35]

引述參議員詹姆斯・哈倫

他一頭黑髮，未見一絲白。

摘自〈主要談戰事〉
納撒尼爾·霍桑著 36

他的頭髮雖已灰白，大部分還是棕色；鬍子倒是全白了。

摘自〈一位威斯康辛女人的林肯印象〉
刊載於《威斯康辛州歷史雜誌》
卡黛麗雅·哈維著 37

他的微笑真的很可愛。

摘自《內戰回憶：六〇年代與華府及戰地領袖共事》
查爾斯·達納著 38

他的耳朵碩大且畸形。

摘自《亞伯拉罕·林肯：醫學評估》
亞伯拉罕·葛登著 39

他心情好時，我都認為他會像頭好脾氣的大象，搧動耳朵。

他的鼻子不算大，只是兩頰瘦削而顯得大。

——摘自《我的十年》
　　緋烈士·薩勒姆-薩勒姆王妃著 40

他的鼻子相當長，不過他的人也很長，彷彿有必要維持比例均衡。

——摘自《林肯的常理哲學觀》
　　艾德華·坎普夫著 41

——摘自《瑪麗·林肯婚姻傳》
　　露絲·潘特·蘭道爾著 42
　　引述某士兵

他笑起來也超花稽，首勢**很**古怪，**獨**一**無**二，從**小男孩**到**中年人**，一**概**被西引，不過幾分**中**後，他又恢復**鎮定**沉思，好像**庭上**的**法官**。

——威爾森與戴維斯（同前）
　　引述艾伯納·艾利斯 43

我認為他是我生平僅見的醜人。

——摘自《林肯的日常：以全新角度與全新珍貴素材撰寫的美國偉大總統傳記》

法蘭西斯・布朗恩著[44]

引述喬治・諾伊斯牧師

初見林肯，我覺得他的相貌實是平庸不過。

——摘自《我的時代與世代》

克拉克・卡爾著[45]

真是我見過最醜的人。

——摘自《亞伯拉罕・林肯的照片》

斐德列克・西爾・梅瑟夫與卡爾・桑伯格著

引述西爾多・萊曼上校[46]

我見過最最平庸的人。

——皮埃特（同前）

他不僅是我見過最醜的人，還態度粗魯，儀態笨拙。

——摘自《林肯》
大衛・赫爾伯特・唐納德著[47]
引述某士兵

說真的，他一向就不英俊，還越來越形容枯槁，極不優雅。

——摘自〈林肯的華盛頓：一位人面甚廣的記者回憶〉
W・A・克勞菲特著[48]

與他相處五分鐘，你就會忘記他平庸相貌或笨拙舉止。

——摘自《林肯軼事》的〈夜訪林肯〉（同前）

老天安排的這種獨特面容與儀態，評價端視觀察者喜好。

——摘自《山姆・修恩書信》
克里斯多・邦恩斯編

我從不認為他醜陋，他的臉散發出對人類無限的慈悲與仁善，是標準的智慧美。

——薩勒姆－薩勒姆（同前）

他幽默、大度，以及臉龐散發的智慧，讓你捨不得移開視線，幾乎覺得他英俊。

——摘自《行途拾遺：南與北》

莉莉蓮．福斯特著[49]

鄰居說林肯醜，我卻覺得他是我生平所見最英俊的人。

——摘自《同時代傑出者對林肯的追憶》

艾倫．桑代克．賴斯著[50]

我從未見過更深思、更高貴的臉。

——賴斯（同前）

引述大衛．洛克[51]

噢，多麼悲哀的臉！——憔悴，無法言喻的哀傷皺紋深刻，寂寞的神情，那種至深的靈魂悲苦，世人的憐憫之情無法觸及。他留給我的印象不是美國總統，而是舉世最哀傷的人。

——布朗恩（同前）

21《有關林肯與內戰的私人回憶》（*Personal Recollections of Abraham Lincoln and the Civil War*, 1899）。詹姆斯・葛摩（James R. Gilmore, 1822-1903），《紐約論壇報》、《大西洋月刊》記者，出版過數本書籍。

22《亞伯拉罕・林肯的一生》（*The Life of Abraham Lincoln*, 1885）。艾薩克・亞諾德（Issac N. Arnold, 1815-1884），律師，傳記作家，曾任兩屆美國眾議員，是解放黑奴草案的原始創議者之一。

23《林肯攝像：全輯》（*Lincoln's Photographs: A Complete Album*, 1998）。洛伊德・歐斯坦朵夫（Lloyd Ostendorf, 1921-2000），畫家，林肯研究者，據稱蒐羅了林肯所有的照片。

24《對林肯先生的私人回憶》（*Personal Recollections of Mr. Lincoln*, 1893）。馬基斯・杜・蕭布倫（Marquis de Chambrun, 1831-1891），法國作家，歷史學者，曾任職華盛頓法國使館。

25《賀東的報導人》（*Herndon's Informants*, 1998）。威廉・賀東（William Herndon, 1818-1891），林肯的合夥律師，在林肯被刺後，訪問許多認識林肯的人，依其敘述，為林肯作傳。羅伯・威爾森（Robert Wilson, 1805-1880），林肯早年的政治伙伴。羅得尼・戴維斯（Rodney O. Davis, 1935-），Knox College 林肯研究中心副主任。道格拉斯・威爾森（Douglas L. Wilson），Knox College 林肯研究學教授。

26《白宮半年：畫作後面的故事》（*Six Months at the White House: The Story of a Picture*, 1866）。作者F・B・卡本特（Francis Bicknell Carpenter, 1830-1900）是知名畫家，最有名的作品是為林肯畫《首次宣讀解放宣言》，曾受林肯邀請在白宮居住過一段時間。

27〈與林肯同行：一八六五年從華盛頓到雷奇蒙〉（*With Lincoln from Washington to Richmond in 1865*），約翰・邦恩斯（John S. Barnes, 1836-1911）是當時海軍砲艦艦長，曾伴隨林肯前往維吉尼亞州，兩人經常聊天。本文原刊載於《*Appleton's Magazine*》，vol. IX, no.5, May, 1907。

28 艾德華・達頓・馬歇特（Edward Dalton Marchant, 1806-1887），畫家，一八六三年受費城獨立紀念館所託，為林肯畫像，住在白宮好幾個月。

29《林肯的哀傷：憂鬱症如何挑戰一位總統並讓他偉大》（*Lincoln's Melancholy: How Depression Challenged a President and Fueled His Greatness*）是《紐約時報》二〇〇六年暢銷書。約書亞・沃夫・襄克（Joshua Wolf Shenk），美國作家、評論家、策展人。約翰・威德米爾（John Widmer）則是一八五九年在伊利諾州最高法院看到林肯出庭的一位年輕人。

30〈夜訪林肯〉（*An Evening with Lincoln*），原刊載《*New York Semi-Weekly*》(1860)，收錄於《林肯軼事》（*Lincoln*

Lore）期刊 No. 845（1945）。

31 歐蘭多・菲克林（Orlando B. Ficklin, 1808-1886）美國眾議員。

32 詹姆斯・麥納（James Miner）是一位認識林肯的醫師。生平不詳。曾寫過〈*Abraham Lincoln: Personal reminiscences of the martyr-emancipator as he appeared in the memorable campaign of 1854 and in his subsequent career*, 1912〉一文，收在美國國會圖書館。

33 〈男子漢林肯〉（*Lincoln the Man*）一文收錄在《追憶亞伯拉罕・林肯》（*Reminiscences of Abraham Lincoln*, 1909），Allen Thorndike Rice 主編。

34 賀洛斯・懷特（Horace White, 1834-1916），美國記者，作家，任職《芝加哥論壇報》期間，負責報導林肯總統競選行程。

35 《瑪麗：林肯夫人的真實故事》（*The True Story of Mary, Wife of Lincoln*, 1928）。凱薩琳・海姆（Katherine Helm, 1857-1937）是瑪麗・林肯的外甥女。

36 〈主要談戰事〉（*Chiefly About War Matters*）是名作家納撒尼爾・霍桑（Nathaniel Hawthorne）所寫，反戰，刊於一八六二年七月號的《大西洋月刊》。

37 〈一位威斯康辛女人的林肯印象〉（*A Wisconsin Woman's Picture of President Lincoln*），刊載於《威斯康辛州歷史雜誌》（*The Wisconsin Magazine of History, vol.1 No.3.* 1918, March）。卡黛麗雅・哈維（Cordelia A. P. Harvey, 1824-1895）人稱威斯康辛天使，內戰期間出入戰地擔任護士，並數次請見林肯，呼籲林肯讓受傷戰士回故鄉的醫院養病。戰後，為戰士遺族蓋孤兒院。

38 《內戰回憶：六〇年代與華府及戰地領袖共事》（*A Recollection of the Civil War: With the Leaders at Washington and in the Field in the Sixties*, 1898）。查爾斯・達納（Charles Anderson Dana, 1819-1897），記者，作家，內戰期間曾任戰爭部副部長。（戰爭部後來已廢）

39 《亞伯拉罕・林肯：醫學評估》（*Abraham Lincoln: A Medical Appraisal*, 1962）。作者亞伯拉罕・葛登（Abraham M.

Gordon）是醫師，他在這本著作提出林肯總統應是罹患馬凡氏症候群（Marfan syndrome），患病特徵為四肢、手指、腳趾細長不勻稱，身高明顯超出常人。

40《我的十年》（*Ten Years of My Life,* 1876），腓烈士・薩勒姆－薩勒姆王妃（Princess Felix Salm-Salm, 1844-1912）原籍美國，嫁給普魯士傭兵薩勒姆－薩勒姆王子，跟隨丈夫涉入美國內戰與墨西哥戰爭。

41《林肯的常理哲學觀》（*Abraham Lincoln's Philosophy of Common Sense,* 1965）。作者艾德華・坎普夫（Edward J. Kempf，1885-1971）是美國精神醫師、心理生物學者與作家。

42《瑪麗・林肯婚姻傳》（*Marry Lincoln: Biography of a Marriage,* 1953）。作者蘭道爾詳見注釋 12。

43 艾伯納・艾利斯（Abner Ellis, 1807-1878）。商人，因為與林肯的屋主熟識進而和林肯相交。以寫東西毫不在乎拼字、文法錯誤著名。

44《林肯的日常：以全新角度與全新珍貴素材撰寫的美國偉大總統傳記》（*The Every-Day Life of Abraham Lincoln: A Biography of the Great American President from an Entirely New Standpoints, with Fresh and Invaluable Materials,* 1914）。法蘭西斯・布朗恩（Francis F. Browne, 1843-1913），美國作家，詩人，評論家。

45《我的時代與世代》（*My Day and Generation,* 1908）。克拉克・卡爾（Clark Ezra Carr, 1836-1919）是林肯任命的 Galesburg 郵政局長，後被任命為丹麥特使。

46《亞伯拉罕・林肯的照片》（*The Photographs of Abraham Lincoln,* 1911）。作者斐德列克・西爾・梅瑟夫（Frederick Hill Meserve, 1865-1962）是商人，歷史研究者與照片收藏家，是十九世紀收藏最多林肯照片的人。卡爾・桑伯格（Carl Sandburg, 1878-1967）詩人、作家、編輯，三度普立茲獎得主，著名的林肯傳記作者。西爾多・萊曼（Theodore Lyman, 1833-1897），內戰軍官，後擔任麻省眾議員。

47《林肯》（*Lincoln,* 1995）。唐納德（David Herbert Donald, 1920-2009），歷史學家，兩屆普立茲獎得主，以林肯傳記聞名。

48〈林肯的華盛頓：一位人面甚熟的記者回憶〉（*Lincoln's Washington: Recollections of a Journalist Who Knew Everybody*），收在《大西洋月刊》，一九三〇年一月號。克勞菲特（William Augustus Croffut, 1836-1915），美國記者與作家。

49《行途拾遺：南與北》（*Way-Side Glimpses, North and South*, 1860）。莉莉蓮·福斯特（Lillian Fost）是旅遊作家，也受白宮委託撰寫安得魯·詹森（Andrew Johnson）總統傳記。

50《同時代傑出者對林肯的追憶》（*Reminiscences of Abraham Lincoln by Distinguished Men of His Time*, 1888）。賴斯（Allen Thorndike Rice, 1851-1889），編輯，出版商，一八八六—一八八九年間任《北美評論》總編輯。

51大衛·洛克（David Locke, 1833-1888），新聞記者，政治評論家。

63

林肯先生抓住鎖鍊，把大鎖掛上去，每個行動都看似如此艱難。

羅傑・貝文斯三世

不知為什麼，門原本就虛掩，知道愛兒的病體就在裡面，他難以抗拒，最後一次進去。

艾維力・湯姆斯牧師

我們躍下屋頂，隨他進入。

漢斯・沃門

靠近孩子的病體似乎讓林肯先生原本的決心動搖了，他扛出牆上的養病箱，放到地上。

艾維力・湯姆斯牧師

看來，他打算最多如此。

羅傑・貝文斯三世

（原先根本無此打算。）

艾維力・湯姆斯牧師

誰知，他跪了下來。

漢斯・沃門

跪在那兒，他似乎難以抗拒掀開養病箱，看愛兒最後一眼。

艾維力・湯姆斯牧師

他打開養病箱；朝內看；嘆氣。

羅傑・貝文斯三世

伸手溫柔整理孩子的髮絡。

漢斯・沃門

稍稍調整一下那孩兒交疊的蒼白雙手。

羅傑・貝文斯三世

男孩在屋頂尖叫。

漢斯・沃門

我們完全忘了他。

羅傑・貝文斯三世

我出去躍回屋頂，頗費力氣要讓他掙脫。他狀況很糟；驚駭無語，牢牢被捆住。

突然，我想到：如果無法把他拉出來，或許可把他壓下去？

沒錯：男孩的背完全沒受損。

我的雙手在黏糊糊、不斷形成的殼狀背甲裡摸索，直摸到他的胸膛，用力一壓，男孩痛苦大叫，穿過屋頂，跌入白石屋內。

漢斯・沃門

男孩穿過天花板，跌落父親腳邊。

沃門先生緊跟在後。

羅傑・貝文斯三世

他站直身體，督促男孩向前。

他說，進去，聆聽。你可得知有用東西。

貝文斯先生說，不久前，我們聽見令尊表達某個心願。

沃門先生說，有關你的去向。

貝文斯先生說，他希望你置身光明所在。

沃門先生說，免於痛苦。

貝文斯先生說，擁有光燦新生命。

沃門先生說，進去吧。

貝文斯先生說，聽聽他的心聲，得到指引。

艾維力・湯姆斯牧師

男孩虛弱起身。

漢斯・沃門

疼痛不便。

羅傑・貝文斯三世

舉步如老人，顛簸走向父親。

艾維力・湯姆斯牧師

他之前是意外進入父親體內，非有意為之。

漢斯・沃門

而今顯得抗拒。

羅傑・貝文斯三世

64

此時，群眾重新聚集白石屋外。

羅傑・貝文斯三世

紳士二次造訪的消息迅速傳開。

艾維力・湯姆斯牧師

人群越聚越多。

漢斯・沃門

急欲目睹此一特殊事件。

羅傑・貝文斯三世

蛻變時刻顯然逼近，能沾上一點邊都好。

漢斯・沃門

他們壓根兒放棄輪流發言，許多人站在原地拚命叫喊，有的厚顏無恥奔到敞開的大門，朝內叫嚷自己的故事。

羅傑・貝文斯三世

結果自是喧嘩一片。

艾維力・湯姆斯牧師

65

是我放的火。

安迪・索恩

我歹到雞會就偷。

珍妮絲・P・道森

我送她珍朱傷了老婆小孩的新賣掉我們名下的房子買更多鑽石與珍朱但是她竟為了那個笑起來一口黃板牙大腹便便的賀禮芬先生拋棄我？

羅伯・G・崔斯丁

六十畝好收成的田跟一圈子閹豬跟三十頭牛跟六匹好馬跟一棟冬日裡溫暖舒適如搖籃的圓石屋跟一個總是愛慕看著我的好老婆以及三個對我言聽計從的好男孩還有長滿梨子蘋果梅子桃子的好果園但是父親仍是不喜歡我？

蘭斯・杜寧

我最不喜歡自己很笨！人們對待我好像我生來就蠢。我就是！蠢。縫紉都覺得困難重重。扶養我長大的姑媽會坐在那裡好幾個小時教我縫紉。她會說，親愛的，這樣這樣做。我照做。就這麼一次。第二次要再做，我只會拿著針發呆。姑媽會說天啊這是我第九百萬次示範了。你瞧，不管是啥，我就是記不住。不管姑媽教什麼，我就忘。年輕人上門追求，他會說政府怎樣怎樣，我會說，哦，是啊，政府，我姑媽教我縫紉。他一臉茫然。誰肯愛、肯擁抱這麼一個蠢女人。除非她很美。我不是。我就是平庸。沒多久，我便年歲過大，年輕人哪還有興趣來自找乏味。我的牙齒變黃，有幾顆脫落了。就算你已經是個老姑婆，蠢笨依然不好過。參加宴會，總是一個人孤伶伶坐在火邊，滿臉微笑，好像很快樂，心知肚明沒人要跟你說話。

塔瑪拉・杜里多小姐

拖著七十磅水管爬上史瓦特丘——回家手都破了猛流血——一口氣十九小時攪拌礫石——看看老天給我什麼報償——艾德娜跟女孩們跑進跑出照料我，衣服都沾了血——我這輩子總是辛苦工作，歡欣投入——只要我身體好起來，就會再去工作——只是我的左靴底需要補一補——還得去找道西蒂討他欠我的錢——艾德娜不知道這筆欠款——可能會有去無回——現在我們很需要這筆錢——因為我沒法工作——您能否好心通知艾德娜——讓她去收錢——我們很需要——我病倒在床上根本幫不上她們。

湯姆斯．公牛．塔芬頓

約翰斯．莫爾本先生的確把我帶到牧師宅的偏僻處邪惡撫摸我。我只是小男孩。他卻如此顯赫。我沒抗議，也不敢。從未跟人說。現在我想說。我想說，說那件——

偉士伯．約翰內斯

杜克魯瓦先生跟布蘭姆教授跌撞而至，粗魯擠開約翰內斯先生，兩人因多年相互吹捧而臀部相連，顛簸來到門前。

艾維力．湯姆斯牧師

在我的年代，我成就了科學萬神殿前所未見的許多發現，卻從未得到應有表彰。我提過我的同僚多麼愚鈍嗎？他們的研究與我相較，頓顯渺小。他們卻深信我的微不足道。視我為小人物。我則深知自己舉足輕重。我寫了十八本出類拔萃的巨著，為下列領域開疆闢土，譬如——甚歉。

我短暫忘卻自己的研究領域。

倒是清楚記得最後的恥辱。當我離開先前之地，尚未來此時（我在那棵熟悉的楓樹下激動徘徊），我的房子被清空，我的研究報告被拖到空地，然後——

艾德蒙．布蘭姆教授

您老別激動啊。

您這樣歪歪倒倒，我們的連結處甚痛。

勞倫斯．杜克魯瓦

付之一炬。

我那些尚未發表的偉大作品被燒燬啊。

艾德蒙．布蘭姆教授

喏。喏。我無意改變話題，您可知道我的酸黃瓜工廠後來如何了？屹立不搖。這點，我很驕傲。

雖然那兒已經不再生產醃黃瓜，變成某種造船廠。但是杜克魯瓦醃黃瓜這個名號依然——

勞倫斯．杜克魯瓦

真不公平！我的作品，突破性作品就這樣化為煙灰——

艾德蒙．布蘭姆教授

您知道，我對我的工廠亦有同感。它實在太重要了。那時，每早一鳴笛，鄰近房子就會湧出我的七百名忠心員工——

勞倫斯．杜克魯瓦

謝謝您同意我的處境不公。少有人能如此敏銳區辨與感同身受。我相信您識得我的作品，並認知在下實乃偉人。相識何太晚！如果您是當時那些頂尖科學期刊的編輯就好了！您就會出版我的作品。並確定我得到應有評價。無論如何，我衷心感謝您奉我為時代最前端的思想家。我終於能被肯定為一時翹楚，略感安慰。

艾德蒙．布蘭姆教授

話說，您嚐過我的酸黃瓜嗎？如果本世紀初您在華盛頓地區吃酸黃瓜，十有八九那是「杜克魯瓦重口味」。

勞倫斯．杜克魯瓦

我記得罐子是紅黃色標。上面畫了一個穿了背心的狼人？

艾德蒙．布蘭姆教授

是的！那就是我的酸黃瓜！您可覺得好？

勞倫斯．杜克魯瓦

非常好。

艾德蒙．布蘭姆教授

非常感激您說我的酸黃瓜品質優秀。謝謝您說我家的酸黃瓜在當時舉國無敵。

勞倫斯．杜克魯瓦

與我的作品同是時代最佳。您說是吧？可否下此結論？

艾德蒙．布蘭姆教授

可以的。

先前多次討論，

我們一致同意。

勞倫斯．杜克魯瓦

我希望不久之後，您會再度提醒我，您是多麼看重我的作品。您如此欽慕於我真令人感動。或許，不久，我也會再度評論您的酸黃瓜多麼優秀，讓您開心。我很樂意如此做。您當得起。您對我如此忠心，又如此仰慕。

艾德蒙・布蘭姆教授

奇怪，是吧？終生致力某目標，漠視生命其他，到頭來，你的努力化為烏有，作品蒙塵。

勞倫斯・杜克魯瓦

幸好，非關您我。

誠如我們（再度）的自我提醒：我倆偉業永垂不朽！

艾德蒙・布蘭姆教授

拜朗夫婦直衝門前，撞開兩人，短暫切開他們的連結。

漢斯・沃門

噢。

艾德蒙・布蘭姆教授

我說啊，很痛呢。

勞倫斯·杜克魯瓦

斷開甚痛，結合亦痛！

艾德蒙·布蘭姆教授

先生。
牧師。

艾迪·拜朗

我們上次沒說完呢。

貝絲·拜朗

就被您趕走。

艾迪·拜朗

因此。

貝絲·拜朗

就像我說的：

╳他們！除非這些╳的忘恩負義的毒蛇穿上我們╳的鞋，走過我們走過╳的一哩路，否則有啥╳資格埋怨我們，這兩個屎╳根本連╳的半哩都沒走過。

艾迪・拜朗

或許我們太常飲酒作樂了，因此他們才都不來探望。

貝絲・拜朗

那兩個小鬼出生時壓根就是皺巴巴的小老頭與小老太婆，╳的不知道怎麼享樂！你可知道「享樂」的另一個詞是什麼？慶祝啊。你又知道「慶祝」是什麼？就是╳的爽啊。╳的快樂啊。因此我們喝一點╳的麥酒！來點╳的葡萄酒！

艾迪・拜朗

偶爾來點鴉片什麼的——

貝絲・拜朗

我們嚐過一點X的毒品，只是不想冒犯那個誰來著的？那個帶鴉片來的？就是那個——

艾迪．拜朗

班傑明。

貝絲．拜朗

對，班傑明，班吉！還記得他那X的鬍子嗎？我們不是有次在麥克馬瑞那兒壓住他，剃他X的精光？

艾迪．拜朗

有一次我跟班吉還相幹哩。

貝絲．拜朗

哦，哪個沒幹過他？哈哈！不對：就我記憶所及，我沒跟班吉X的相幹過，可是啊，有時啊，大家瘋啊鬧啊，就會X的有點記不清是誰跟誰X的相幹過——

艾迪．拜朗

群眾間突然傳來叫嚷——

艾維力・湯姆斯牧師

一陣不爽低語——

羅傑・貝文斯三世

許多人開始大喊，不行，不行，太不像話了，叫這兩個「黑鬼」——

艾維力・湯姆斯牧師

「黑膚禽獸——」

漢斯・沃門

「可惡的野蠻人——」

羅傑・貝文斯三世

立刻退回來處。

艾維力・湯姆斯牧師

不容破壞此一重大時刻。

漢斯・沃門

有人喊，讓他們有說話機會。在這裡，我們一概平等。
另一人大叫，說你自己就好，別扯上我們。
我們聽到互毆聲音。

艾維力・湯姆斯牧師

幾個大膽跟隨拜朗夫婦從圍籬那頭公墓過來的黑褐色男女——

羅傑・貝文斯三世

未被說服。

漢斯・沃門

定要遂願。

艾維力・湯姆斯牧師

66

我委實竭盡所能，奮袂而起，俾能貫注更高美德於自身，抱殘守缺，人必喪志，耽溺不幸，一生徒勞。

埃爾森・法魏兒

他在說X屁？

艾迪・拜朗

簡單點。我們才X的聽得懂。

貝絲・拜朗

生而不幸，僅能無怨扛負悲慘命運。我如能認清此點，人生將是何等誘惑。然，應然，卻，未然。

我總是歡喜承受嚴苛重責，絕不泯滅任何惕勵自我的光燦機會，譬如從書本（我長時間浸淫伊斯特先生拋棄的斷簡殘編，卑微勤作筆記）竊取智慧，我得尋幽探密自己最美好的靈魂角落，譬如：清洗得乾淨的床單；動作輕柔（好似舞蹈）；歡暢笑談時高舉的閃亮刀叉。

埃爾森．法魏兒

世間最甜蜜的X貨，講話卻超級X的複雜。

艾迪．拜朗

在我們的坑裡，我倆臀部緊挨著。

貝絲．拜朗

他的X眼就靠著我的肩膀。

艾迪．拜朗

我們不在乎，他是朋友。

貝絲．拜朗

他是那群黑的，不過仍是我們的朋友。

艾迪・拜朗

客氣。

貝絲・拜朗

本分。

艾迪・拜朗

我以為攀爬至此種高度，我的優秀特質將更為人所見，（盲目期盼）要不了多久，伊斯特一家會在某個總是陽光耀眼的房間熱烈討論我的未來，拔擢我到主屋工作，長年來，抓耙啃噬激怒揮砍我高度敏感心靈的痛苦就能立刻轉移，歡欣吶喊我的人生終將轉為溫和（也就是少受鞭笞，多賞笑臉），就會，呃……

埃爾森・法魏兒

緩解。

艾迪・拜朗

他講到這裡總忘記「緩解」兩字。

貝絲・拜朗

是的。緩解。
就會緩解我先前的苦。

埃爾森・法魏兒

看。

貝絲・拜朗

越生氣，他就口齒越流利。

艾迪・拜朗

唉。
結果。
我先前的痛苦未獲緩解。
差得遠。
有一天，主人帶我們離開華盛頓，到鄉間看煙火。我身體不適，摔倒在小徑，爬不起身，日頭火辣，我在小徑上痛苦扭動——

嚶。

埃爾森・法魏兒

「痛苦扭動，卻無人聞問。」

貝絲・拜朗

我在小徑上痛苦扭動，無人聞問。終於伊斯特家小兒子雷吉納從我身旁經過，問，埃爾森，你病了嗎？我說是，病得很嚴重。他說馬上叫人回來看我。

但是沒人來。伊斯特先生沒來。伊斯特太太沒來。伊斯特家小孩統統沒來。就連我們那個殘酷獰笑的工頭查司特理先生都沒來。

我想雷吉納看煙火過於興奮，整個忘了。

忘了我。

忘了我這個打他出生就相識的人。

躺在那裡時——

見鬼，我又忘了。

埃爾森・法魏兒

躺在那裡，你「猛地澈悟」。

艾迪．拜朗

躺在那裡，我猛地澈悟，我（埃爾森．法魏兒，我娘最乖最疼的孩子）這生徹底被騙（夜空，五彩煙火迸放，星條旗、走路雞、金綠彗星，好像在嘲弄上天對我開的**玩笑**，每個爆炸都引來伊斯特家那些肥蠢小霸王的歡呼）。我悔恨此生的討好微笑與卑屈伺候（原本斑影扶梳的月亮全暗了），在那瀕死時刻，我全心祈禱讓我恢復健康一小時，讓我得以糾正過往大錯，剷除一切膽怯、言不由衷與謹言慎行，爬起身，大步回到總是歡天喜地的伊斯特一家，亂棍、利刃伺候，扒爛摧毀他們，扯下他們的帳棚，焚燬他們的房子，以確保我——

呃。

埃爾森．法魏兒

「仍有些微人性，因為唯有禽獸——」

貝絲．拜朗

是的，保有些微人性，因為唯有禽獸能毫無怨言承受我吞忍的一切；就算禽獸，也不會默許忍受主人的惡劣態度，只求得到獎賞。

但一切都晚了。

太晚了。

確確實實太晚了。

第二天，他們發現我不見了，派查司特理先生回來找我，找到後，他覺得沒必要把我帶回去，就聯絡了一個德國人，後者把我跟其他幾個人扔進板車——

埃爾森·法魏兒

那個X的克勞特還偷走我老婆的半條麵包。

艾迪·拜朗

很好的麵包。

貝絲·拜朗

我們就這樣認識埃爾森。

艾迪·拜朗

在板車後面。

貝絲·拜朗

交上朋友。

艾迪·拜朗

不報仇，我誓不離此地。

埃爾森·法魏兒

朋友，你X的不可能報仇啦。

艾迪·拜朗

埃爾森，你的事給我們一個教訓。

貝絲·拜朗

不是白人，就別想裝白人。

艾迪·拜朗

如能回到先前那個地方，我便要立刻復仇。

扯下臥房棚架，砸在雷吉納的肥腦袋上；讓伊斯特太太在樓梯摔斷脖子；當主人坐到她的癱瘓身旁，衣服自動燃燒；讓瘟疫降臨那家，殺光所有小孩，小貝比也不放過，以前我多喜歡他——

請恕我打斷，埃爾森，我必須說我沒有您所說的那種艱苦經驗。

康納先生、他的好太太以及他們所有兒孫，跟我們就像家人。我與妻兒從未被拆散。我們吃得好，也不挨打。他們給了我們一間黃色木屋，雖小卻漂亮。相當好的安排。但凡是人要討生活都得受限；沒人完全自由。多數時候，我的生活無異於他人，只是限制較多。我愛我的妻兒，跟所有賣力工作的男人一樣：行事都為他們著想，才能全家和樂一起生活；也就是，努力做個可敬的好僕人，並蒙天眷顧，服侍可敬的好人。

當然，被人呼來喝去，心頭也會出現小聲抗議。必要之務是漠視這聲音。那不是叛逆或憤怒的聲音，只是小小的人聲，告訴自己：我希望能這樣，能那樣，而不是聽令行事。

我必須承認那聲音從未靜默。

雖然這些年下來，它已安靜許多。

就此，我實在不該多抱怨。我也有自己的自由快樂時間。譬如，每週三下午，我有兩小時自由時間。如果不是忙到不可開交，每月第三個週日我全日休息。我承認喘息時間裡，我只有一些孩子氣的小樂趣：譬如去找芮德聊天。去池塘畔坐一會兒。選擇走這條或那條小路。不會有人喊「湯姆斯，過來。」—「湯姆斯，拜託，把拖盤拿來。」或者「湯姆斯，菜圃需要弄一下，去找查爾斯與薇勒，叫他們來弄，好嗎，老伙計？」

除非事出必要，他們不會打擾我。當然，有需要時，他們就會來找我，週三下午、週日，甚至半夜都有可能。不管我是正跟老婆享受親密時光，或者沉入我需要的熟睡、祈禱，甚至出恭。

儘管如此，我還是享有自己的時間。自由，不受干擾，隨我安排。

奇怪的是，就是思及這樣的自由時光，最是困擾我。

尤其是，想到其他男人的一生都是這樣的時光。

湯姆斯・海文斯

那您怎麼會淪落到我們的坑？

埃爾森・法魏兒

我到鎮上辦事，胸口突然很疼，然後——

湯姆斯・海文斯

他們沒尋您嗎？

埃爾森・法魏兒

他們死命找啊！

現在還在找。

我太太帶頭找，康納先生與太太也一起幫忙。

只是——他們還沒找到我。

湯姆斯．海文斯

一位穿白罩衫、戴藍邊繫帶帽的年輕黑白混血女人一把推開這傢伙，她顫抖得厲害，驚人美貌引起眾多求見白人竊聲低語。

羅傑．貝文斯三世

儘管說，麗姿，現在不說就X的沒機會了。

貝絲．拜朗

＊＊＊＊＊＊＊

麗姿．萊特

沉默。

艾迪．拜朗

一貫如此。

貝絲．拜朗

她究竟遭遇X事？讓她這樣張不了口？

艾迪・拜朗

一個上了年紀的壯碩黑婦趨前站到混血女孩身旁，就種種判斷，她在先前之處該是個外向快活的人，現在一點都不開心，火爆怒視；她的腳長滿繭，沿途，留下兩串血跡，同樣操勞至長滿繭的雙手放在混血女孩的臀部上，撐住她，在女孩的白色罩衫留下兩團血印，女孩還是止不住狂顫發抖。

艾維力・湯姆斯牧師

****

很多人都對她幹了那事，很多次。沒法反抗，也沒反抗，反抗，有時只會處境更慘，拳打腳踢、棍棒伺候，硬上。那事不管是發生一次，還是許多次，不管有沒有影響到她，都讓她緊張發抖，口出惡言，從雪松溪橋跳下去，讓她噤口不言。對她幹那種事的有大男人、小男人、主子爺、途經她工作田的男人、主子爺的年輕兒子們，或者只是經過她身邊的男人。三個男人喝醉酒離開主屋，看到她正在劈柴，就幹了。發生在她的身上的事頻繁得像是上邪惡教堂做禮拜；也可能偶爾發生；或者根本沒發生，一次都沒有，她只是經常處於這種陰險埋伏、世人允許的威脅中。他們用男上女下的姿勢幹她，從屁眼幹她（可憐的小親親壓根沒聽過這種事）；他們對她幹的可能只是小小的變態事兒，加上一些

麗姿・萊特

惡言惡語（那些大老粗們作夢也不會跟自己同膚色的女人幹那樣的事）；他們就是對她幹那件事，旁若無人，男的儘管幹，她呢，則像個有體溫、默不作聲的蠟像；發生在她身上的事就是誰想幹就可以幹；想幹什麼都可以；想到就幹；一而再、再而三——

法蘭西絲・賀其太太

史東中尉（喊**回去，黑炭們**，滾回去！）快步跑到一群魁梧白人（派帝、達利、布恩斯）前，他們橫舉斷落的樹幹將黑人請願者粗魯推離白石屋。

羅傑・貝文斯三世

黑人憤怒吶喊。

漢斯・沃門

海文斯先生說，**啊**，到了這裡，還跟以前的世界一樣嗎？

法蘭西絲・賀其太太

別X的那麼粗魯！

艾迪・拜朗

我認識他們。沒事！

貝絲・拜朗

派帝、布恩斯、達利的紅色大臉憤怒扭曲，兇惡走向拜朗夫婦，後者連忙膽怯退回群眾裡。

漢斯・沃門

史東中尉一個手勢，巡衛隊往前推進，把那群黑人推至恐怖的鐵圍籬。

艾維力・湯姆斯牧師

（鐵圍籬對他們沒影響。它的噁心作用只發生在圍籬這頭的我輩。）

漢斯・沃門

僵局於焉發生：史東跟他的巡衛隊因為噁心作用，無法繼續推進，將那群黑人趕回圍籬後，後者則對史東等人的侵略行為不滿到頂點，持續堅守圍籬這頭。

艾維力・湯姆斯牧師

同時間，數十位白人請願者趁機衝向已經淨空的白石屋前，朝門內大喊訴說自己的故事，以致無法區辨這場絕望大合唱的個別聲音。

漢斯・沃門

67

林肯先生自然一字未聞。
於他，這只是深夜裡的寂靜墓窖。
艾維力・湯姆斯牧師

關鍵時刻到了。
羅傑・貝文斯三世

男孩與父親必須互動。
漢斯・沃門

此互動必須啟發這孩子；允許或鼓勵他離去。

羅傑・貝文斯三世

否則前功盡棄。

艾維力・湯姆斯牧師

沃門先生問男孩，你遲疑什麼？

羅傑・貝文斯三世

男孩深吸一口氣，看來終於準備進入父親體內，接受指示。

漢斯・沃門

68

然而就在此時：真是霉運。

黑暗中燈火趨近。

曼德斯先生。

守夜人。

羅傑・貝文斯三世

漢斯・沃門

羅傑・貝文斯三世

一如他每次置身我類的模樣：戰戰兢兢，不解自己為何如此，只想速速返回警衛室。

艾維力・湯姆斯牧師

我們喜歡曼德斯先生，他總是鼓勇巡邏，意氣相投地對我們訴說，我們因而確知「那個世界」沒啥改變：亦即，大家還是飲食男女，咆哮，生育，醉酒，抱怨，快速前進。有些晚上他還會提及自己的小孩——

羅傑・貝文斯三世

菲立普、瑪麗、傑克。

漢斯・沃門

報告他們的近況。

羅傑・貝文斯三世

出人意外，我們頗喜聆聽，因為內容多是歡鬧。

漢斯・沃門

今晚他嘴裡喊著「林肯先生」，偶爾會修改稱謂，叫「總統先生」。

艾維力・湯姆斯牧師

雖然我們喜歡曼德斯先生。

漢斯・沃門

可是他實在太會挑時間。

艾維力・湯姆斯牧師

遭透了。

羅傑・貝文斯三世

再爛不過。

漢斯・沃門

男孩依然虛弱靠著門旁的牆，說，他在叫我的父親。

牧師狐疑問，你的父親是總統？

男孩說，是的。

牧師問，哪裡的總統？

男孩說，美利堅合眾國。
我告訴牧師，沒錯。他是總統。時間已經過去很久。現在居然還有個明尼蘇達州。
沃門先生說，我們正在打仗。內戰。火砲進步很多。
我說，士兵在首府紮營。
沃門先生說，我們都看到了。
我說，在他體內時。

羅傑・貝文斯三世

漢斯・沃門

曼德斯先生跨過門檻，燈籠讓密室亮得晃眼。

暗轉明；石牆凹痕與綠苔清晰可見，還有林肯先生外套的縐痕。

羅傑・貝文斯三世

男孩蒼白乾癟的病體。

躺在——

漢斯・沃門

養病箱裡。

艾維力・湯姆斯牧師

漢斯・沃門

曼德斯說，哦，您在這兒啊。
林肯先生回答，是的。
曼德斯說，萬分抱歉打擾。我是——我是想您回程時可能需要火燭。
林肯先生拖延了一會兒，站起身，跟曼德斯握手。

羅傑・貝文斯三世

些許不自在。

漢斯・沃門

甚至尷尬，因為被發現在此。

艾維力・湯姆斯牧師

跪在兒子的養病箱前。

漢斯·沃門

箱蓋打開。

艾維力·湯姆斯牧師

曼德斯先生的眼睛忍不住從林肯先生轉到箱內之物。

漢斯·沃門

林肯先生問，沒有火燭，曼德斯先生如何回去？曼德斯先生說，他的個性有點神經質，有火當然最好，不過，他對此地瞭如指掌。林肯先生提議，如果曼德斯先生多給他片刻，他們一起回去。曼德斯答應了，退出去。

羅傑·貝文斯三世

大災難。

艾維力·湯姆斯牧師

他們完全沒互動。

漢斯·沃門

絲毫有益男孩之事都未發生。

羅傑・貝文斯三世

男孩也未上前。

漢斯・沃門

繼續靠著牆，因恐懼而無法動彈。

艾維力・湯姆斯牧師

爾後我們察覺非因恐懼。

他背後的牆已然液化，觸鬚攀至，四、五根纏繞他的腰：像醜惡攀爬的腰帶迅速綁住他。

羅傑・貝文斯三世

我們需要時間弄開他。

漢斯・沃門

必須設法拖延紳士。

艾維力・湯姆斯牧師

我看看貝文斯先生。

他看著我。

明白非做不可。

漢斯・沃門

我們有說服他的力量。

羅傑・貝文斯三世

不到一小時前，我們才成功過。

漢斯・沃門

貝文斯先生較年輕，有許多（強壯）手臂；我呢，赤裸，又常被那巨貨搞得行動不便，不適合幹解開男孩束縛的吃力工作。

羅傑・貝文斯三世

因此，我單獨進入林肯先生體內。

漢斯・沃門

69

天啊，他可真是低落。

他想用某種正面積極的方式跟孩兒道別，不想讓最後的分離愁雲慘霧，唯恐孩兒感知（雖然他告訴自己，這孩子已經不可能有感覺）；但是他的心頭只有哀傷、內疚、悔恨，別無他物。因此，他躊躇徘徊，希望燃起某種寬慰心情，他能從而擴大。

但是，什麼也沒。

低落，比先前更心寒哀傷，他將心緒轉向外在世界，思考人們對他的高度推崇，從中尋找寬慰，自遠景汲取勇氣，但是，什麼安慰也沒，正相反：他似乎不受擁戴，未能成就任何事。

漢斯·沃門

70

當死亡數字攀升至不可思議，哀傷波波不斷，這個不識犧牲為何物的國家把箭頭指向林肯，指責他在戰事上猶豫不決。

摘自《不受歡迎的林肯先生；美國史上最受詬病的總統的故事》
賴瑞．泰格著[52]

總統是個笨蛋。

摘自《喬治．B．麥克萊倫的內戰文件》
史蒂芬．席爾斯編[53]

虛榮、軟弱、幼稚、吹毛求疵、粗魯不文，禮節闕如，交談時，還會輕捶你的肋骨下方。

摘自《內戰年代》[54]
卡爾．桑伯格著
引述薛拉德．克萊蒙斯

顯而易見，其人心智性格甚為劣等，危機時刻難當大任。

摘自摘自《林肯危機第二冊：內戰前奏，一八五九—一八六一》

艾倫·納文斯著

引述艾德華·艾佛瑞特[55]

他的演講像濕被單兜頭罩下。所有偉大特質均奔竄而逃。

泰格（同前）

引述參議員查爾斯·法蘭西斯·亞當斯[56]

殆無疑義，史上最弱的民選總統。

克萊蒙斯（同前）

後世對他的評價將是不識時代徵兆、不解國家利益與處境……，毫無政治天分；未經運籌就將國家拖入大戰；他的失敗無可辯解，他的失敗孤立無援。

泰格（同前）

引述《倫敦晨郵報》

過去十九個月，人民因您登高一呼蜂擁而出——兒子、兄弟、丈夫、錢糧。結果呢？您可明白現刻瀰漫全國的淒涼、哀傷、惱恨全導因於您？年輕人肢殘、腿瘸、陣亡、終身殘廢，皆因您優柔寡斷，欠缺道德勇氣。

引述S·W·歐其書信
泰格（同前）

錢糧湧至，成千上萬男人等待，毫無目的重新編隊，在專為戰事鋪設的昂貴橋梁上盲目行軍，而後行軍回返原橋，橋竟已毀。一事無成。

摘自《一位聯邦人書簡》
托賓·柯列里著

如果你不**辭職**我們要在你的餃子裡放蜘蛛跟你玩**陰的**你這天殺的殺千刀的狗娘養的下地獄吧親我的屁股舔我的雞巴叫我那兩粒蛋**卵葩**叔叔天殺的笨蛋天殺的亞伯·林肯沒人喜歡原諒我講話嚴厲但是你活該你不過是個**死**黑**鬼**。

摘自《林肯先生鈞鑑》
哈洛德·侯澤勒編[57]

吾妻若欲離異，我難道要扯其臂膀，逼迫維持「連理」？尤其她是遠比我優秀的戰鬥者、組織者，且鐵心脫離？

摘自《來自分裂國土的聲音》
班斯與艾得格編
引述P．莫隆

排列屍體；從這頭走到盡頭；審視這些父親、兄弟、丈夫、兒子；統計戰爭代價，暗自揣想（軍人都會）這個代表破碎未來的不祥行列只是開端，年輕喪亡將如大浪襲至。

摘自《阿倫敦戰地公報》

和平，先生，請議和：此乃主後迄今的人類心聲，您現今要無視嗎？聖經既言，使人和睦的人有福了。我等必須假設反之亦實：戰爭販子將受詛咒，無論他們多麼深信自己的出發點。

摘自克里夫蘭《真理前鋒報》

我們不曾**同意**也不會**同意**為**黑鬼**而戰，我們在乎他們個屁。

摘自《被遺忘的內戰心聲》

J・B・史崔特編

引述一位紐約步兵給林肯的信

您一舵在手，自成獨裁，創建龐然新政府型態，其統治凌駕個人權利之上。您的統治預告了惡劣時代來臨，個人權利必須為龐然大物讓路。建國先烈只能沮喪旁觀。

摘自《林肯惡霸》

R・B・阿諾德著

引述達洛・康伯蘭

所以我們面臨兩難。如何是好？他還將掌兩年大權，直到明智之人取而代之，在這之前，國家都處於危境。為了拯救國家必須忍受此等無能之輩，實是痛苦。

摘自《林肯再論》

大衛・赫爾伯特・唐納德著

引喬治・班考夫特給法蘭西斯・李伯的信[58]

如果亞伯・林肯當選連任，惡劣政權持續四年，我們祈禱為了公眾福祉，能有

大無畏之手將利刃刺進這暴君的胸膛。

——摘自《拉克羅斯民主報》

老亞伯．林肯

上天詛咒你這個天殺的地獄之火天殺的靈魂下地獄上帝詛咒你跟你天殺的該死的全家遭地獄之火的靈魂下地獄詛咒你天殺的朋友們該死的靈魂遭上帝懲罰。

——侯澤勒（同前）

52《不受歡迎的林肯先生：美國史上最受詬病的總統的故事》（*The Unpopular Mr. Lincoln: The Story of America's Most Reviled President*, 2009），賴瑞．泰格（Larry Tagg）是美國歌手，高中老師兼美國內戰研究者。

53《喬治．B．麥克萊倫的內戰文件》（*The Civil War Papers of George B. McClellan*, 1992）。麥克萊倫是南北戰爭時的少將，一八六四年總統大選民主黨候選人。他組織了波多馬克軍團，並於一八六一年十一月至一八六二年三月擔任聯邦軍總司令。史蒂芬．席爾斯（Stephen Sears, 1932-），美國歷史學家。

54《內戰時代》全稱《林肯：內戰時代》（*Abraham Lincoln: The War Years*, 1995），四冊套書。薛拉德．克萊蒙斯（Sherrad Clemens, 1820-1881），曾任美國眾議員。桑伯格見注釋46。

55《林肯危機第二冊：內戰前奏 1859-1861》（*The Emergence of Lincoln 2: Prologue to the Civil War*, 1859-1861）（1950），艾德華．艾佛瑞特（Edward Everett, 1794-1865），美國政治家，波士頓人，曾任麻薩諸塞州州長、哈佛大學校長和美國國務卿。艾倫．納文斯（Allan Nevins, 1890-1971），美國記者、歷史學家，以內戰史研究聞名。

56 查爾斯．法蘭西斯．亞當斯（Charles Francis Adams, 1807-1886），亞當斯總統的兒子，歷史刊物編輯，政治家，外交官。

57《林肯先生鈞鑑》（*Dear Mr. Lincoln: Letters to the President*, 1993）。哈洛德．侯澤勒（Harold Hozler, 1949-）林肯研究者，「林肯兩百年基金會」共同主席。

58《林肯再論》（*Lincoln Reconsidered: Essays on the Civil War Era* , 1956）。作者唐納德見注釋47。喬治．班考夫特（George Bancroft, 1800-1891）美國歷史學者，政治家，曾任美國海軍部長。法蘭西斯．李伯（Francis Lieber, 1798-1872）德裔美國法官、政治哲學家，《李伯戰地軍規》（*Lieber's Code*）撰寫人。

71

那又怎樣？

歷來幹大事者有不遭批評的嗎？無論對事（或者對他），我都至少超乎——

林肯先生如此想。

突然間，悔恨回憶讓他的（我們的）眼睛緩緩閉上。

漢斯・沃門

72

那些恐怖不幸的日子裡，嚴苛耳語紛傳，暗示做父母的只要稍加管教，那孩子本應性命無憂。

——摘自《草原磨難：林肯心理學》

詹姆斯．史拜舍著

威利很喜歡一匹小馬，堅持每天騎。氣候多變，導致嚴重感冒，加劇為高燒。

——凱柯莉（同前）

你不免問，一個小孩為什麼會在傾盆大雨中騎馬，還沒穿外套？

——史拜舍（同前）

我們這些熟識林肯孩子者，目睹他們如野人亂竄白宮，可證這家經常處於混亂狀態，盲目縱容與子女之愛混為一談。

——摘自《意外的耶和華：意志、專注與偉業》

克莉絲丁．陶爾班德編

（林肯）毫無管理可言。小孩為所欲為。他允許許多淘氣行為，不加約束。從未喝斥或者端出父親架子蹙眉不悅。

摘自《林肯的一生》

威廉．賀東與傑西．W．偉克著[59]

他總是說：這是（我的）喜悅，看到我的小孩自由自在，快樂，不受父母威權約束。愛是父母跟孩子間唯一**鎖鍊**。

摘自《賀東的報導人》

羅得尼．戴維斯、道格拉斯．威爾森編

引述瑪麗．林肯

孩子們會把書本、煙灰、煤灰、墨水盒、紙張、金筆、印有頭銜的信紙堆成一堆，然後在上面蹦跳。林肯都不置一詞。他陷於抽象思想，無視孩子的過錯。就算他們在林肯的帽子Ｘ便，抹到他的靴子上，他也只會一笑置之，還覺得很聰明。

摘自《賀東論林肯：書信集》[60]

賀東致傑西．偉克書信

羅得尼．戴維斯、道格拉斯．威爾森編

他們玩槍戰時奔過他的身旁，他頭也不抬，繼續工作。因為林肯（別相信後來那些把他奉為聖徒的傳記）是個有野心的人——幾近偏執。

——摘自《他們認識他》
李洛拉・莫好斯編輯
引述泰德・布萊斯真

那些認為林肯會好整以暇端正儀容以待召喚的人是誤謬認知。他時刻精心計算、未雨綢繆。他的野心就像不知疲倦的小引擎。

——摘自《亞伯拉罕・林肯的內心世界》
麥可・柏林堅著
引述賀東
61

像我這樣的人，早已放棄想望家庭與家人的俗世溫馨之樂。被迫接受對照之下較不美好的公共人物生活。人如果能把心力放在該放之處——重要的家庭事務——結果會有多大不同，思之，不免心頭烏雲密布。

——摘自《一位祖父的箴言與書信集》
（未出版手稿，賽門・葛蘭編輯，授權使用）
諾曼・G・葛蘭著

當孩子夭折，父母的自我折磨無止無盡。我們所愛之人年幼、弱小、易受傷害，唯有仰賴我們的保護，無他；基於某種原因，保護未果，做父母的能有什麼安慰（什麼藉口，什麼辯解）？

沒有。

終其一生，我們不斷質疑。

質疑一旦產生，便接二連三而至。

——米蘭德（同前）

59《林肯的一生》(*Life of Lincoln*, 1930）。威廉・賀東，見注釋25。傑西・偉克（Jesse W. Weik, 1857-1930），林肯研究者。

60《賀東論林肯：書信集》（*Herndon on Lincoln: Letters*, 2016）。

61《亞伯拉罕・林肯的內心世界》（*The Inner World of Abraham Lincoln*, 1997）。麥可・柏林堅（Michale Burlingame, 1941-），伊利諾大學歷史學者，著名的林肯專家。

73

當死神帶走威利・林肯這樣的孩子，**指責**與**內疚**的怒火籠罩家庭；就他們的例子，可究責的地方多了。

艾波斯坦（同前）

批評者說，林肯夫婦在威利病重時還籌劃派對，真是沒心肝。

布萊妮（同前）

事後回憶，那個成功的夜晚必定佈滿痛苦。

李琪（同前）

發現威利狀況持續轉惡，林肯夫人決定收回邀請卡，延後招待會，林肯總統認為不撤回比較好。

凱柯莉（同前）

五日晚，小威利高燒，每口呼吸都困難。母親正打扮準備參加宴會。她知道他肺部阻塞，極為恐懼。

——昆哈特與昆哈特（同前）

至少（林肯）要求採取任何步驟前必須會商醫師。因此，他們召了史隆醫師。他說威利好多了，深信威利可提前復元。

——凱柯莉（同前）

醫師打包票威利會復元。

——摘自《林肯的名醫》
黛博拉．蔡斯醫師著
引述約書華．費威爾

屋裡，海軍陸戰樂隊歡欣昂揚的樂音飄揚，聲聲敲擊男孩的高燒腦袋，彷彿健康玩伴的嘲弄。

——史龍（同前）

假設那場宴會未加速男孩的死亡，也肯定加劇了他的痛苦。

——梅斯（同前）

華盛頓某小報出現一副漫畫名《閒言與長矛比門》，畫中，林肯夫婦痛飲香檳，男孩（兩眼畫了ＸＸ）則爬進墳坑，問：「**父親，我死前**可否**來**一**杯**？」

摘自《無舵之船：總統掙扎時》
莫琳．Ｈ．賀奇著

深夜裡，嘈雜，狂歡，瘋狂的酒醉笑聲，男孩高燒躺在床上，覺得異樣孤單，努力抗拒那個徘徊在門口、戴連兜帽的東西。

史拜舍（同前）

「**父親，我死前**可否**來**一**杯**？」
「**父親，我死前**可否**來**一**杯**？」
「**父親，我死前**可否**來**一**杯**？」

賀奇（同前）

醫師保證威利會痊癒。

蔡斯（同前）
引述約書華．費威爾

林肯採信醫師的建議。

——史堅格納（同前）

林肯錯在沒推翻。

——史拜舍（同前）

不想過分謹慎，總統建議宴會照常舉行。

——賀奇（同前）

在總統的應許下，宴會進行，小男孩則在樓上痛苦萬分。

——蔡斯（同前）

引述約書華・費威爾

74

外面，貓頭鷹啼。

我逐漸聞到我們衣服的味道：亞麻、汗、大麥。

林肯先生想著：

我想過再也不來了。

但是我來了。

最後一眼。

然後他蹲在養病箱前。

再看一眼他的小臉蛋。小手。它們都在。永遠會在。僅此而已。不再微笑。永遠。嘴巴緊抿。不像他睡眠模樣。（不）。他睡覺張著嘴，作夢時，臉上閃過許多表情。有時還會咕噥些傻話。

拉撒路[62]如果為真，有何道理彼時狀況不能在此時此地重演？

真是奇景：林肯先生企圖讓孩子復活。他沉靜下來，敞開心迎向可能存在而他一無所知的未知力量，盼它能夠（並且）讓病體站起。

他自覺愚蠢，因為不信此事為真——

但是，宇宙浩瀚，無事不可能。

他低頭看孩子的病體，注視搭在手上的指頭，等待一絲動靜——

拜託拜託拜託。

沒有。

這是迷信。

不可能的。

（您請恢復正常神智吧。）

我錯在將他視為恆定穩固，可以永遠擁有。他從不是恆定、穩固之物，而是現刻存在卻恆動的一股能量。我深信如此。因為他出生時不是這樣，四歲時不是這樣，七歲時不是這樣，九歲時更是模樣完全不同。

他分秒轉換，從來不是固定的。

他來自虛無，成形，被愛，注定回歸虛無。

只是沒想到會這麼快。

沒想到他會先我們而去。

兩個無常、稍縱即逝的存在相遇，發展出深刻感情。

兩股清煙彼此喜愛。

我誤以為他是恆定不變的，因此付出代價。

我非恆定，瑪麗也是，就連每一棟建築與紀念碑都不是恆定的。偉大的城市不恆定，廣大的世界不恆定。它們都會轉化，正在轉化，時刻如此。

（這樣我是否稍感安慰？）

沒。

（該走了。）

我過度沉浸於林肯先生的思緒，忘記目的。

現在想起來了。

我用力想，留下。您必須留下。讓曼德斯自己回去。現在，坐在地板上，舒舒服服，我們會敦促男孩進入您體內，焉知你們父子熱切渴望的重逢能產生什麼正面結果。

我努力擠出他留下的畫面：坐著；心滿意足；舒舒服服；因留下而獲心靈平靜，諸此等等。

林肯先生想，

該走了。

他微微起身，準備離去。

他還在蹣跚學步時，摔跤了，我一把抱起他，吻掉他的眼淚。他到派司特公園，沒人跟他玩，我拿個蘋果，切了，分給大家吃。

奏效了。

此招配合上他的個性。

很快，他就成為頭頭，指揮眾人。

現在，我該把他留在這個可怕地方，完全無助嗎？

（你過度沉迷。這根本幫不了他。桑加蒙郡葛司老先生一連四十天拜訪老婆墳墓。一開始，大家都很敬佩，沒多久，就當他笑話，他的鋪子因而荒廢。）

因此，下定決心：

下定決心：我們必須，我們現在必須——

（逼迫自己有此想法，無論它多殘酷，都會帶引你做正確的事。看。

往下看。

瞧瞧他。

瞧瞧這物。

這是什麼？誠實檢視此一問題。

這是他嗎？）

不是。

（這是什麼？）

這只是以前承載他行走的東西。（那個讓他誕生人間、讓我們摯愛的）基本要素已經沒了。雖然這是我們所愛之人的一部分（我們愛的是驅動他的生命力加上他的軀體，走、跳、看、笑、胡鬧），這個，眼前這物，遠小於我們所愛的造物。少了生命力，這個，這個躺在這裡的東西只是——

（想啊。沒關係。允許自己想那個詞。）

我寧可不要。

（那是事實。有助於你。）

我毋須說出那詞，毋須感受它並據此行動。

（迷戀此物，不對。）

我會走，現在就走，毋須再說服自己。

（那麼，說出來，說出事實。說出那個就在你嘴邊的詞。）

噢，我的小人兒啊。

（少了生命力，躺在這兒的只是——

說呀。）

一塊肉。

不幸——

大不幸的結論。

我盡全力，再試一次：

我懇求您，留下。您並非幫不上他。非也。您能幫大忙。真的。您在這兒對他的幫助可能還超過在先前世界。

您吶，因為他的永生懸於一線。滯留於此，他所受之苦將遠超您的想像。

所以：拖延。多待一會。別急著走。坐一下，別拘束，磨蹭，靜心，滿足。

我請求您。

我原以為這有助於我。並沒。我毋須再看它。當我需要看威利，就往心裡去。這才正確。在那裡，他依舊完整無缺。如能徵詢他的意見，他也會同意說，離開才是正確之舉，勿再返回。他的靈魂如此高貴。他最愛的就是善。

我的小傢伙如此美好。永遠行正確之事。必會催促我如此做。雖是不易，我現在就做。天賜之禮總是不長久。我滿心不願地放手。主啊，謝謝您。或者謝謝這個世界。無論何者將他賜與我，我謙卑稱謝，並祈禱我未曾錯待他，從今爾後，當我繼續前行，也必不負他。

愛啊，愛啊，於今，我已知你。

漢斯·沃門

---

62 聖經裡死而復活之人。

75

我們用指甲以及隨手取得的一塊尖石劈砍，終於快切開盤繞男孩腰部的藤蔓。

艾維力．湯姆斯牧師

我對沃門先生大喊，快好了！

羅傑．貝文斯三世

為時已晚。

艾維力．湯姆斯牧師

林肯先生蓋上養病箱。

（我心頭一沉。）

抬起養病箱，塞入牆槽。

（前功盡棄。）

然後他走出門。

羅傑・貝文斯三世

艾維力・湯姆斯牧師

羅傑・貝文斯三世

76

步入現已靜默的群眾。

艾維力・湯姆斯牧師

他們溫順讓路。

羅傑・貝文斯三世

男孩吶喊，他走了？

我們讓他鬆綁。他用力衝出牆，蹣跚幾步，跌坐在地。

艾維力・湯姆斯牧師

觸鬚立即纏上身。

羅傑・貝文斯三世

77

漢斯・沃門

我說，貝文斯先生，來吧，單我一人，不足。必須兩人一起努力。

貝文斯先生說，牧師，加入吧？多一個意志也可能造成不同。

沃門先生說，尤其是您這樣強大的心靈。

許多年前，我與這兩位朋友曾占據一對離異年輕情侶的身體，他們在墓園關門後溜進此地。在那次機會裡，我們讓他們交合，進而復合。一年左右，那位年輕丈夫回到此處，重訪約會地點。出於好奇，我們再度占據他的身體，發現當初導致他們分歧、解除婚約的原因在婚後更形孳長擴大，以致年輕妻子在不久前服毒自盡。

我必須說，那次介入讓我們手染鮮血。

自此我立誓不再做那事。

但是我對男孩的感情，加上我認為他的困境源自我先前的疏忽，現在我必須背棄誓言，加入朋友。

艾維力・湯姆斯牧師

衝出白石屋，死命奔跑，我們三人迅速包圍林肯先生。

羅傑・貝文斯三世

縱身一躍。

漢斯・沃門

進入總統體內。

羅傑・貝文斯三世

群眾圍聚。

漢斯・沃門

幾個膽子較大的受到我們啟發，也進入了。

艾維力・湯姆斯牧師

先是嘗試性穿越總統先生，或者擦邊而過，有的則大步衝進去又衝出來，好像傻瓜在鑿冰求魚。

漢斯．沃門

直率的前鍋爐工人柯侯斯先生衡量林肯先生的步伐，從後面踱步進入他的身體，與他同步，一步接一步。

羅傑．貝文斯三世

柯侯斯先生說：沒什麼！因大膽恣意而聲音高亢。

艾維力．湯姆斯牧師

眾人頓時膽氣大增。

漢斯．沃門

迅即，變成集體行動。

羅傑．貝文斯三世

誰也不想錯過。

漢斯．沃門

許多人疊羅漢——

艾維力・湯姆斯牧師

進入彼此體內——

漢斯・沃門

層層連結——

羅傑・貝文斯三世

出於需要，緊縮身體——

漢斯・沃門

方能人人擠進來。

羅傑・貝文斯三世

克勞福太太進來了。照例，榮斯崔先生大吃她的豆腐。

漢斯・沃門

被刺的波西先生進入了；安迪．索恩進入了；崔斯丁跟杜寧先生也是。

羅傑．貝文斯三世

那群黑人擺脫史東中尉與他的巡衛隊，也進來了；後者想到要跟他們緊密並肩，十分反感，拒絕加入。

艾維力．湯姆斯牧師

拜朗夫婦進來了；杜里多小姐、約翰內斯先生、巴克先生、湯姆斯「公牛」塔芬頓也進來了。

羅傑．貝文斯三世

還有許多人。

漢斯．沃門

不及備載。

艾維力．湯姆斯牧師

這麼多意志、回憶、怨言、欲望，這麼澎湃的生猛力量。

羅傑．貝文斯三世

（當曼德斯高舉燈籠，帶領總統進入樹叢）我們突然領悟可以駕馭這股眾人之力，達到目標。

漢斯・沃門

沃門先生無法獨力完成之事——

羅傑・貝文斯三世

或許集力可以達成。

艾維力・湯姆斯牧師

因此，當燈火逐漸斜斜隱沒，我要求所有人齊力讓林肯先生停步。

漢斯・沃門

（先讓他停步，如成功，再齊力讓他回轉。）

艾維力・湯姆斯牧師

眾皆欣然同意。

羅傑・貝文斯三世

受邀參與，就算些微小事，他們也覺得與有榮焉。

艾維力・湯姆斯牧師

我腦海湧出命令「停步」！眾人附和，以各自方式表達願望。

羅傑・貝文斯三世

佇足，停住，自我中止。

漢斯・沃門

停步，立定，中斷所有前進動作。

諸此種種。

艾維力・湯姆斯牧師

真是享受。多大的享受啊。我們在此齊心同力。共存於那個身體，又混合在彼此裡面，因此窺見對方心靈一二，也窺見林肯先生的心。同心齊力是種多好的滋味。

羅傑・貝文斯三世

我們發念。

漢斯·沃門

一起發念。

艾維力·湯姆斯牧師

眾人一體，同時發念。

漢斯·沃門

因正面目標而團結一致的強大心靈。

羅傑·貝文斯三世

所有自私念頭（滯留於此，保存體力，壯大自我等）暫拋一旁。

艾維力·湯姆斯牧師

嶄新感受。

漢斯·沃門

能擺脫這些。

羅傑・貝文斯三世

通常，我們單打獨鬥。

力求留下。

生怕犯錯。

漢斯・沃門

我們並非一直孑然一身。在先前世界——

艾維力・湯姆斯牧師

我們現在憶起——

漢斯・沃門

同時間想起——

艾維力・湯姆斯牧師

我突然憶起：現身教堂，有人送花，烤蛋糕讓泰迪帶來，攬肩，身著黑衣，在醫院數小時等待。

羅傑．貝文斯三世

銀行醜聞那段時間，賴維沃夫曾在布恩瑪斯特最低落的時候好言安慰；福貝克捲起衣袖讓派爾醫師抽血，因為西區大火。

漢斯．沃門

我們手牽手涉水尋找可憐溺斃的朝尼西；銅板掉落上書「窮鄰」的帆布袋裡；黃昏時，大夥跪在教堂草地拔草；我跟輔祭奮力扛著巨大綠色湯鍋，送去給「綿羊林」夜間站壁的可憐女人，湯鍋發出碰撞鏗鏘聲。

艾維力．湯姆斯牧師

我們一群吵鬧的快樂小孩圍在巨大巧克力漿桶前，親愛的班特小姐邊攪動，邊對我們發出寵愛的噓聲，好像我們是一群小貓。

羅傑．貝文斯三世

我們怎麼忘了？忘了這些快樂時光？

艾維力．湯姆斯牧師

想要留在這裡，你必須時刻不停深思自己留下來的主要理由；不惜排除其他想法。

羅傑・貝文斯三世

一個人必須不斷尋求機會訴說自己的故事。

漢斯・沃門

（如果不准說，就必須想、想、想。）

艾維力・湯姆斯牧師

現在我們看清代價頗鉅。
我們忘掉許多東西，忘記我們曾知的一切，忘記我們原本並非如此。

羅傑・貝文斯三世

但是透過這次機緣湊巧的大合體——

艾維力・湯姆斯牧師

（就好像移開壓住鮮花的石頭）我們發現自己恢復原本的豐富面貌。

羅傑・貝文斯三世

一如往昔。

漢斯・沃門

感覺真好。

艾維力・湯姆斯牧師

真的。

非常好。

漢斯・沃門

貌似對我等也頗有助益。

羅傑・貝文斯三世

轉頭一望，我發現沃門先生突然不再身無寸縷，陽具也縮回正常大小。沒錯，他的穿著十分邋遢（印刷師傅圍裙，破爛鞋子，兩腳襪子不一），儘管如此：這是奇蹟。

艾維力・湯姆斯牧師

羅傑・貝文斯三世

我注意到貝文斯先生在看我，也回頭看，發現他不再是不忍卒睹的一堆眼睛、鼻子與手——而是英俊年輕人，面容熱切愉悅：兩隻眼睛、一個鼻子、兩隻手、紅潤雙頰、漂亮黑髮，原本那裡一大堆眼睛，頭髮無處生長。

換言之，相當有魅力的年輕人，器官數量正確。

漢斯．沃門

牧師害羞說，敢問，我看起來如何？

我說，很好，相當平靜。

沃門先生說，一點都不害怕。

我說，眉毛在正確高度。也不再瞠目。

沃門說，不再怒髮衝冠。

我說，嘴巴不再呈〇形。

羅傑．貝文斯三世

此種快樂福蔭，非僅我仨受益。

艾維力．湯姆斯牧師

因我等不察之緣由，提姆．米頓總有一巨大自我牢纏他，不時傾身對他講洩氣話；現在這龐然大物不見了。

漢斯．沃門

杜克魯瓦先生與布蘭姆教授不再相連，就算緊挨著走路，身體也各自分開。

羅傑．貝文斯三世

泰密爾先生，一位蒙羞職員，錯誤歸檔重要文件，致使公司倒閉，之後便無人雇傭，開始酗酒，失去房子，目睹妻子因過度焦慮進入養病箱，頹廢日甚，孩子四散不同孤兒院。以往，他總是因愧疚而身體近乎彎到地面，像一對半截的圓括號上面長了一戳悲哀白髮，渾身顫抖，行動極度謹慎，生恐犯下任何微小錯誤。

現在我看到一個充滿活力的年輕人昂首展開新工作，衣領別著花朵，滿懷希望。

艾維力．湯姆斯牧師

榮斯崔先生停止毛手毛腳，含淚懇求克勞福太太原諒。

羅傑．貝文斯三世

（我只是太寂寞了，親愛的女孩。）

「調情聖手」山姆．榮斯崔

（喜歡的話，我可以告訴您這兒一些野花的名字。）

伊莉莎白・克勞福太太

（樂意之至。）

「調情聖手」山姆・榮斯崔

薇拉・布洛跟母親愛拉平日是面目一致的老太婆（雖然她們均死於難產，在先前世界從未老過），現在她們恢復年輕面貌，容光煥發，推著嬰兒車。

漢斯・沃門

被多次強暴的可憐麗姿會說話了，開口就謝謝賀其太太為她沉默孤獨的歲月代言。

埃爾森・法魏兒

好女人賀其太太只是點頭接受麗姿的感謝，訝異瞪著自己剛剛復元的手腳。

湯姆斯・海文斯

我等的奇蹟轉變未令林肯先生佇足。

羅傑・貝文斯三世

一步也沒。

漢斯・沃門

恰恰相反。

艾維力・湯姆斯牧師

走得更快。

羅傑・貝文斯三世

想盡速離開。

漢斯・沃門

薇拉・布洛輕嘆，唉呀。即便在此重大挫敗時刻，我仍驚艷於她恢復青春的美麗容顏。

羅傑・貝文斯三世

78

我呼叫**單身漢**，他們立刻來了，在上空盤旋，撒下許多小小學士帽（依照他們一貫可愛天真的專注模式），我解釋眼前的絕望狀態，拜託他們四處飛，盡可能召喚更多幫手。

肯恩先生問，我們該說些什麼？

富勒先生說，我們可不是舌粲蓮花的！

沃門先生說，告訴大家我們正在挽救一個男孩。他唯一的罪過就是個孩子。基於不明原因，此地設定小孩如果貪生，流連於此，是最大罪惡，將受最嚴厲的懲罰。

牧師說，告訴大家我們厭倦自己一無是處、一事無成、一絲不值，永遠活在恐懼中。

肯恩先生說，不確定記得住這麼多。

富勒先生說，聽起來像是重責大任。

肯恩先生說，我們會轉告李波特先生。我們最資深的一員。

羅傑・貝文斯三世

其實呢，我們**仨**同年（都在二十八**歲**半時來到**此地**，未嘗愛情，不曾結婚），就技術面而言，我的確是這個小**團體**的**資深領導**，因為我最早來（寂寞），九年後，肯恩先生**加入**（厄運臨身，被**印第安矛**刺中屁股，送到此處），我跟肯恩先生**焦不離孟**將近十一年，我們的「**小幼獸**」富勒先生才因酒醉不聽人勸，**跳下**德拉瓦州的穀糧貯存塔，被送到此處，三**人行**遂告誕生。

深思熟慮，依我見，介入此事**無益**，一來**此事**與我們無關，二來，它可能**危及**我們的**自由**，徒增**有害負擔**，限制我們想幹就幹、**愛幹**就幹的**行為**，**損及**我們停留於此的能力。

我朝下喊，甚歉。吾等不願，故，不為也！

史丹利・李波特「叫獸」

現在單身漢撒下黑色禮帽：嚴肅，哀傷，彷彿在說，他們儘管素來輕率，還是理解此刻的沉重，雖無意逗留，仍遺憾未助一臂之力。

艾維力・湯姆斯牧師

他們的哀傷並不持久。

漢斯・沃門

（他們告訴自己）他們尋求的是愛情；因此片刻不得停滯：快樂逍遙，充滿希望，生氣勃勃，持續尋覓。

尋覓可有新來者，或者遭忽略的舊雨，可愛至極，前所未見，足以讓他們理直氣壯放棄珍視的自由。

羅傑・貝文斯三世

因此，他們走了。

艾維力・湯姆斯牧師

「叫獸」李波特帶頭，我們在四周展開快樂追尋之旅。

漢斯・沃門

低低飛過山丘與小徑，全速通過養病屋、棚屋、樹木，甚至掠過圍籬那邊的一頭鹿。

「莽漢」金・肯恩

我們突然闖入又飛離，鹿兒受驚，迅速昂首，彷若蜂螫。

「扯屁王」傑克・富勒

「莽漢」金・肯恩

79

挫敗之下，大家開始離開林肯先生的身體。

羅傑・貝文斯三世

捲縮成胚胎模樣滾出來。

漢斯・沃門

以體操炫技撐跳而出。

羅傑・貝文斯三世

或者稍稍放慢步伐，讓總統先生自行脫離他們。

漢斯・沃門

各自趴倒路邊，失望呻吟。

艾維力・湯姆斯牧師

一場荒唐。

羅傑・貝文斯三世

虛妄。

艾維力・湯姆斯牧師

一廂情願。

羅傑・貝文斯三世

在經過他現在已經永遠活在光中的J・L・貝格碑石時，我們仨也脫離了。

漢斯・沃門

先是貝文斯，沃門，然後我。

艾維力・湯姆斯牧師

依次倒臥繆爾紀念碑旁的小徑。

漢斯．沃門

（旁邊的石板上並肩躺著穿了水手服的雙胞胎兄弟，一群天使正在瞎忙乎。）

羅傑．貝文斯三世

（菲立克斯與李洛伊德．繆爾。葬身大海。）

艾維力．湯姆斯牧師

（紀念石板做得不好。那群天使似乎要幫年輕水手開刀，卻茫然不知如何下手。）

漢斯．沃門

（一對槳還莫名其妙擱在手術檯上。）

羅傑．貝文斯三世

此時，我們想起男孩，他一定飽受折磨了。

漢斯．沃門

因此儘管疲累不堪，我們還是起身回轉。

羅傑・貝文斯三世

80

這次眾人大合體的經驗撬開了我。現在，生命細節像模糊惱人的雲霧，籠罩心靈；我記起了名字、面孔、神祕門廳、久遠以前的飲食氣味；不知哪家的地毯花色，特殊餐具，還有吾妻名為愛蜜莉（想不起她的娘家姓）。它卻未能撬開我尋求的基本事實——我究竟為何被懲罰。我在小徑數次駐足，試圖讓那團迷霧變清晰，回憶我曾是什麼樣的人，犯過何事。這才發現他們已經走遠，得加緊步伐趕上。

艾維力．湯姆斯牧師

81

男孩倒在白石屋地上，背甲包覆至脖子，已經完全硬化。

瀰漫的刺鼻生洋蔥味越發濃重，變成一種無以名之的邪惡氣味。

他躺在那裡看我們，眼神呆滯，認命。

完了。

漢斯・沃門

艾維力・湯姆斯牧師

羅傑・貝文斯三世

艾維力・湯姆斯牧師

這孩子得吞下苦果。

漢斯・沃門

我們圍在他身邊告別。

羅傑・貝文斯三世

想想我們有多訝異此時居然出現女人的聲音，要求跟我們說話，說**祂**不會反對把男孩送回屋頂上，「**永遠**」埋骨那裡。

艾維力・湯姆斯牧師

一個略微大舌頭的低沉聲說，請記住，我們並非故意如此，實乃迫不得已。

羅傑・貝文斯三世

那些聲音似乎來自硬殼。

漢斯・沃門

硬殼好像由人組成。跟我們一樣的人。以前的我們。曾經是人的東西。現在卻縮小，織入硬殼結構裡。數千個蠕動身軀，芥子大小，小臉扭曲看我們。

他們是誰？曾為何人？為何如此「迫不得已」？

艾維力・湯姆斯牧師

那女人說，我們不討論這些。不討論。

羅傑・貝文斯三世

低沉男聲說，因為犯錯。

漢斯・沃門

第三個聲音英國口音，說，我的忠告？千萬別屠殺敵方整團人。
大舌頭低沉男聲說，永遠別跟愛人聯手幹掉幼兒。

羅傑・貝文斯三世

女人說，別毒殺愛人，寧可忍耐。

艾維力・湯姆斯牧師

一個老人說，不可與孩童交媾。據口音判斷，是佛蒙特州人。

漢斯・沃門

說話時，他們會短暫浮出硬殼表面，面容憤怒悲痛。

艾維力．湯姆斯牧師

我們在此地見過不少怪事。

羅傑．貝文斯三世

莫此為甚。

漢斯．沃門

牧師問，你們——你們是在**地獄**嗎？
英國人說，不是最糟的。
女人說，至少沒被迫拿腦袋硬撞一堆螺絲起子。
大舌頭低沉男聲說，或者被火牛雞姦。

羅傑．貝文斯三世

無論我的罪是什麼，我相信（也祈禱）與他們的相比只是小惡。但我們畢竟是同類。我若離開此地，想必亦是與他們同行。

誠如我無數次佈道所言，我**主**可畏且神祕，不可預測，隨心審判，我們不過是**祂**的羔羊，**祂**對我們並無感情也無惡意；有的送去屠宰，有的釋放於草原，全依祂一時之興，所依準則非我等卑微者所能區辨。

我們只能接受；接受**祂**的審判與懲罰。

噢，我是多麼、多麼厭惡如此。

艾維力・湯姆斯牧師

英國人說，結論如何？這兒還是屋頂？

漢斯・沃門

所有眼睛看著男孩。

羅傑・貝文斯三世

他眨了兩下，沒說話。

漢斯・沃門

貝文斯先生說，或許，或許你們可以網開一面。

硬殼裡迸出尖酸笑聲。

沃門先生說，他是好孩子，擁有許多——

那女人說，我們處理過太多、太多好孩子。

英國人說，規矩就是規矩。

貝文斯先生說，恕我一問，為何小孩與我們的規定不一樣？太不公平。

硬殼裡傳出各種語言的憤怒駁斥，許多語言聽起來萬分陌生。

女人說，請勿跟我們談公平。

佛蒙特州人說，公平，呸。

女人說，我謀殺了艾爾蒙嗎？

英國人說，是的。

女人說，沒錯。難道我不是生來即有殺人的傾向與欲望？是的。因為在這之前，我並未幹下這類事。這要算在我頭上嗎？公平嗎？難道是我要生來淫蕩、貪婪，輕微病態，而艾爾蒙又無比惱人？我並沒！卻淪落在此。

英國人說，淪落在此。

她說，一點沒錯，淪落在此。

佛蒙特州人說，淪落在此。難道我願意生來就愛與孩童交媾？我可不記得在母親子宮裡曾如此要求。我曾努力抗拒這股欲望嗎？嗯，堪稱奮力。盡我所能。跟其他生來便有此等特殊癖好者一樣，依我們特有的方法奮力掙扎。離開先前之處時，我難道沒跟傳訊我的人如此陳述？

女人說，應該有。

佛蒙特州人憤怒說，我當然有。

英國人問，他們的反應呢？

佛蒙特州人說，不是很好。

女人說，我們有許多時間沉思這類事情。

佛蒙特州人說，太多了。

大舌頭男低音說，告訴各位，我跟瑪麗殺死那娃兒時，覺得是在做好事。我們彼此深愛；而那娃兒不太對勁；妨礙了我們的愛；它（他）的發育遲緩阻礙了我們自然表達彼此的愛（沒法一起旅行，沒法外出用餐，還簡直一點獨處時間都沒），因此（當時看來）去除那娃兒的負面影響（扔進佛尼斯溪）是解放我們；讓我們彼此更相愛；豐富我們的人生，也會解除那娃兒生來有病而導致的終身痛苦；免去他的痛苦也同時擴增我們的福祉。

英國人說，當時看來如此。

大舌頭男低音說，沒錯，真的。

女人問，現在呢？

大舌頭男低音悲哀地說，不了。

女人說，所以，您的懲罰得到效果了。

艾維力．湯姆斯牧師

大舌頭男低音咆哮，我們生性如此！又能是哪樣？既是如此，又哪能有不同作為？那時那刻，我們就是那樣，我們並非生性邪惡，而是當時的認知與經驗導致我們那樣。

佛蒙特州人說，是**宿命**，是**天數**。

大舌頭男低音說，事實是時光如水不可逆，我們只是隨波而生，受到那樣的影響，就做下那樣的事。

女人說，然後就受到殘酷懲罰。

英國人說，我們的軍團被俾路支人狠宰，突然形勢逆轉，他們大舉投降，高舉白旗，在我的命令之下，大夥將他們射入壕溝（我得提醒各位，我的人可是樂意得很），我們把白旗扔在那些野蠻人身上，掩埋了他們。時光既不可逆轉，我又生性如此，結局怎麼可能不一樣？我脾氣暴躁，在乎男子氣概，榮譽心強，讀書時代差點被三個哥哥打個半死，這些敵人又是如此可憎，我來福槍在手，還有比這更美的事嗎？我（以及我們這些人）焉有可能在當時不幹出那樣的事？

羅傑・貝文斯三世

女人問，您的論點有用嗎？

英國人說，賤貨，妳很清楚沒用！所以我才在此。

佛蒙特州人說，我們都是。

大舌頭男低音說，有何辦法。

女人說，焉有其他可行之道？

漢斯・沃門

我回頭看，牧師臉上閃現決心與反抗。

我豈該與這些怠惰承認罪行，甚至沾沾自喜，毫無懺悔之心者混為一談？
是可忍孰不可忍；即便淪落於此，我豈是毫無救藥？
（我想，或許這就是信仰：相信我主明鑒芥微善行。）

艾維力・湯姆斯牧師

佛蒙特州人說，夠了。
女人說，回歸正題。已經浪費太多時間。
英國人說，在他之前的那女孩啊？乖順得多。
女人說，好孩子，完全聽命。
英國人說，沒給我們絲毫麻煩。
大舌頭男低音說，我們想怎麼著就怎麼著。
佛蒙特州人說，不過，她可沒這麼多「幫手」。
英國人說，沒錯，孤立無援。
女人說，年輕人啊，你決定如何？待在這兒，還是屋頂上？

羅傑・貝文斯三世

男孩沉默。

漢斯・沃門

牧師說，屋頂吧，拜託。
女人說，很好。
硬殼立即退散，放開男孩。

羅傑・貝文斯三世

牧師說，我可有榮幸扛他上屋頂？
女人說，當然。

漢斯・沃門

我彎下腰，抱起男孩。
拔腿就跑。
衝出墓窖，沒入夜色。
死命跑。
像風般飛跑。
奔向還有一絲希望提供庇護的唯一所在。

艾維力・湯姆斯牧師

82

歡喜，稱慶啊！
真是異常大膽之舉。

羅傑・貝文斯三世

那女人疲累大喊：渾蛋！

沃門・漢斯

我跟沃門先生奔出白石屋，追隨牧師。

羅傑・貝文斯三世

我們身後爆出低沉聲浪，一堵移動的牆襲來，膝蓋般高，席捲所經之處的材料（草地、泥巴、碑石、雕像、長凳）混合而成——

漢斯・沃門

那牆穿過我們——

羅傑・貝文斯三世

（像玩浪小孩，我們被高高舉起，而後拋下。）

漢斯・沃門

——捲住牧師。

羅傑・貝文斯三世

那團無名物整個潑向牧師全身，喝叱、鞭打，牧師滾到花園工具棚旁的小丘。

漢斯・沃門

教堂出現眼前，我們突然明白牧師的意圖。

羅傑・貝文斯三世

那團邪惡東西分攻兩路，迅速包抄牧師，橫切他的膝蓋，牧師撲倒在地。

漢斯・沃門

牧師跌倒，為了保護男孩，直覺趴上去，拱背承受衝擊。

羅傑・貝文斯三世

他們逮到他。

漢斯・沃門

逮到了。

他們想找出男孩，便得同時包覆牧師。

羅傑・貝文斯三世

憤怒中，他們顯然沒興趣也沒法區分牧師與男孩。

漢斯・沃門

等我們奔到牧師與男孩身旁，兩人已被迅速硬化的新殼緊緊裹住。

羅傑・貝文斯三世

硬殼裡傳出牧師的恐懼吶喊。

漢斯．沃門

他大叫，他們抓住我了！連我都被抓住了！我得——我得走了。**天啊！**能不走嗎？不走，將永遠困在這裡面——

我大聲叫，走啊！是的，盡力拯救自己，親愛的朋友。走啊！

他吶喊，可是我不要啊！我怕！

錯亂哽咽的聲音顯示硬殼已經蓋到他的嘴部，甚至穿透他的腦袋，以致神志不清。

最後，他喊出，那宮殿，恐怖的鑽石宮殿！

羅傑．貝文斯三世

然後，硬殼傳出總是伴隨著物質光閃爆現象、熟悉卻依然令人膽寒的霹靂聲。

漢斯．沃門

牧師走了。

羅傑．貝文斯三世

牧師離去讓硬殼突現一個短暫缺口——

漢斯・沃門

沃門先生猛踹那物，讓缺口塌陷。

羅傑・貝文斯三世

我們憤怒撲上去，扒啊挖啊，我能感覺硬殼內的邪惡之物以狐疑眼神看我們，厭惡我們的凶猛，以及我們激發復甦的人性渴望報仇行動。貝文斯先生一隻手已深入至手肘。我在另一側用粗大長樹枝戳開硬殼，躺到樹枝下，頂起膝蓋使力，硬殼迸開，貝文斯先生得以雙手均深入其中。奮力一吼，開始拉，沒多久，男孩就像新生小馬（又濕又髒）從裡面滾出來，那一剎那，我們瞧見破裂硬殼裡浮現牧師臉龐的印子，欣慰牧師在最後時刻並未恢復慣常表情（極度害怕、眉毛高聳、嘴巴呈恐懼的完美O型），相反的，他離去的面容不悲也不喜，似乎懷抱審慎樂觀與奇特平靜——彷彿前往那個未知世界前，他很滿意在此地已竭盡所能。

漢斯・沃門

沃門先生攫起男孩，猛往前跑。

那團邪惡東西湧出硬殼，撲到地上，開始追他。

很快，沃門先生的腳踝便被捆住，跪倒在地，邪惡之物再度形成觸鬚，火速攀上他的雙腿與軀幹，開始摸索他的雙臂。

我急忙奔上前，搶走男孩，跑。

幾秒內，我也被纏住了。

羅傑・貝文斯三世

男孩被抱走的剎那，觸鬚鬆開。

我躍起身，跑過去，搶過貝文斯先生手中的男孩，衝向教堂，就在我被纏住前，穿過最北的牆，撲進其中。

男孩喃喃說，我認得這地方。

我說，應該是，我們都認得。

這教堂是我們許多人的最後入口；我們的下船之處；也是人們最後一次嚴肅對待我們的地方。

漢斯・沃門

教堂周圍的泥土開始攪渾。

我說，連這樣也一樣？在這最神聖之處？

英國人說，神聖，不神聖，對我們都一樣。

佛蒙特州人說，任務在身。

女人說，身不由己。

英國人說，把他交出來。
佛蒙特州人說，你只是拖延時間而已。
英國人說，我們正在養精蓄銳。
女人說，馬上就會殺進去。
佛蒙特州人說，憤怒反擊。
大舌頭的厲聲說，把他交出來。

羅傑·貝文斯三世

貝文斯先生剛踏進牆內，教堂暗處便傳來清晰的男性咳嗽聲，顯示此處還有他人。
那是林肯先生，坐在第一排，顯然是前一天葬禮他所坐之位。

漢斯·沃門

83

湯姆我們快到大門時總統瞧見教堂說如果我不介意他想進去那個安靜地方坐一會兒並向我坦白他一直覺得兒子仍與他同在此處他難以擺脫這種感覺或許在祈禱的地方默默坐上幾分鐘可以奏效。

他婉拒我的燈籠說他在暗處看得很清楚一向如此然後進入教堂僅僅昨日教堂外草坪還擠滿數百個穿黑外套撐雨傘站在細雨中的人教堂裡則是哀傷的風琴聲我返回守衛室給你寫信外面他的小馬在鵝卵石路急切踏蹄好像主人就在近處讓牠照慣例舞蹄迎接返家的漫漫路。

總統還在教堂裡。

——曼德斯（同前）

84

微弱月光灑進彩色玻璃窗，雖陰暗確也足夠穿透。為教堂鋪上一層藍。

漢斯・沃門

昨日葬禮後移走多數座椅，只餘前面幾排，看來凌亂。

羅傑・貝文斯三世

林肯先生面向前方，伸長腿，雙手交握置於腿，頭低垂。有那麼一下，我以為他在睡覺。

漢斯・沃門

就在此時，他似乎直覺我們走進來，覺醒張望。

羅傑・貝文斯三世

好奇住民從四處穿透教堂的牆，像水滲漏毀壞的泥壩。

我跟男孩說，進去吧。

漢斯・沃門

男孩眨了兩下眼。

進去了。

羅傑・貝文斯三世

坐在父親腿上。

漢斯・沃門

在先前世界，他一定經常如此。

羅傑・貝文斯三世

兩人疊坐，占據同樣的形體空間，男孩就像總統體內的縮小版。

漢斯・沃門

85

（父親　我來了
我該怎麼做
如果您叫我走　我就走
如果您叫我留　我就留
我等您的建議）
我聆聽父親的回答
月光變亮　一切變得更　藍　父親的腦海一片空白　空白空白空白
然後
他開始回憶　審視　一些　我的事
關於我的病
我不敢相信這一切

那個女兒遭雷殛的母親叫什麼？就在龐斯的牧草地。當時她們經過那裡聊起桃子。各種不一樣的桃子。最喜歡哪一種。幾晚後，人們發現她在龐斯的牧草地恍惚亂走，嘴裡胡亂說些桃子，追憶當時談話的關鍵時間點，她能間不容髮地跳起，回到那刻，把女兒推開，自己來承受致命雷殛。她無法接受已發生的事，必須一再回憶。

現在我明白了。

那天下午他端來放了五顆石頭的盤子，希望找出它們的不同學名。到現在石頭還擺在那盤子裡。放在靠近他房間的走道窗臺上。（我相信我絕無可能移動它。）

黃昏時，我發現他坐在樓梯上，盤子放在膝蓋。

他說，呃，我今天不舒服。

我摸他的額頭。

火熱。

威利・林肯

86

原本診斷感冒發燒後來演變成傷寒。

——李琪（同前）

傷寒會連續數星期緩慢殘酷瓦解患者的消化系統，刺穿腸壁，引發內出血與腹膜炎。

——艾波斯坦（同前）

這病的諸種虛弱症狀如高燒、腹瀉、痛苦抽筋、內出血、嘔吐、極度疲累與譫妄終於敲起喪鐘。

——古德溫（同前）

止痛劑可能減輕劇烈腹痛；譫妄或許會讓這孩子陷入美夢天堂，也可能墜入噩夢迷宮。

——艾波斯坦（同前）

患者神智混亂，認不得站在床前那張充滿愛意、心煩意亂的臉孔。

——昆哈特與昆哈特（同前）

總統處理完國家大事就會到這房間，慌亂踱步，在可憐孩子的痛苦呻吟中抱頭。

——佛列格（同前）

他常言：「溫言暖語與偉大善行乃同出一脈。」

——摘自《我所認識的林肯》

哈洛德．侯澤勒著

引述伊莉莎白．陶德．葛姆斯里[63]

林肯對受苦之物總是十分心軟，無論是人、動物，還是鳥。

——侯澤勒（同前）

引述喬舒亞．弗萊．斯皮德[64]

他心腸很好。敏感溫柔；極富人道精神。

——威爾森與戴維斯（同前）

引述萊昂納德・斯威特65

我從未認識如此樂意為他人效力者。

——侯澤勒（同前）

引述約翰・勒特斐德66

他顯然不懂仇恨。

——摘自《亞伯拉罕・林肯：偉人一生的真實故事》67

威廉・賀東與傑西・偉克著

愛兒深受痛苦必定大大折磨這個天生深富同情心的人。

——佛列格（同前）

威利・林肯痛苦輾轉呻吟，眾人束手無策。

——席亞德（同前）

引述管家D・史壯佛特

他的火燙雙頰，瘋狂轉動的眼睛，低低的絕望呻吟，顯示了絕大痛苦與渴望逃脫，恢復自我，重新成為快樂小人兒。

荷納（同前）

輾轉中，小威利踢開紫金寢具。在地上堆成一團。

史登萊特（同前）

黃色車邊、金色流蘇與纓絡並未紓緩王室氣派裝潢的沉穆，反而提醒訪客就算王子也難逃黑暗與死亡。

艾波斯坦（同前）

他的眼睛黯淡，躁動停歇。這種靜止最是恐怖。現在他只能靠自己了。沒人能幫他或者延緩他踏上已經開始的深邃之旅。

荷納（同前）

死亡露珠聚集他的眉毛。

凱柯莉（同前）

在這**死亡**房間，呼吸終止之前，時間似乎也完全靜止了。

——史登萊特（同前）

總統只能站在那兒睜大眼，在這個新降臨的殘忍國度裡，他毫無權力。

——荷納（同前）

63《我所認識的林肯》（*Lincoln as I Knew Him : gossip, tributes, and revelations from his best friends and worst enemies,* 1999）。伊莉莎白・陶德・葛姆斯里（Elizabeth Todd Grimsley, 1825-1895），林肯夫人的表親，曾在白宮居住半年。

64 喬舒亞・弗萊・斯皮德（Joshua Fry Speed, 1814-1882），林肯在春田市時代的朋友，地產投資商，曾任肯塔基州眾議員。

65 萊昂納德・斯威特（Leonard Swett, 1825-1889），刑法與民法律師，林肯的法律顧問。

66 約翰・勒特斐德（John H. Littlefield）可能指林肯的肖像畫家，也可能是賀東－林肯法律事務所裡的同名職員。

67《亞伯拉罕・林肯：偉人一生的真實故事》（*Abraham Lincoln: The True Story of a Great Life,* 1892）。

87

男孩說，等等。
他坐在父親體內，小臉充滿驚愕。
我命令，出來。
他說，我不明白。
我說，立刻出來。

漢斯・沃門

88

遺體是在二月二十二日防腐，布朗醫師與亞歷山大醫師執行，伍德醫師協助。

——摘自《林肯軼事：林肯國民公司基金會公報：一五一一號，一九六四年一月》

布朗與亞歷山大兩人沒親自動手，而是由他們最優秀的遺體防腐師亨利．P．卡特爾執行。

——摘自《盜取林肯遺體》
湯姆斯．克勞威爾著[68]

法蘭克．T．山斯是主殯葬師。或許是他提議的預防措施，在威利的胸口擺上木犀草的綠白花朵，此花香氣甜膩撲鼻。

——艾波斯坦（同前）

他們採用了巴黎薩涅法。

——《林肯軼事》（同前）

薩涅是使用氯化鋅的先驅。

摘自《凍結死亡：十九世紀的防腐法與不朽邪風》
史蒂芬．威奇與艾蜜利．威奇著

五夸脫稀釋至百分之二十的氯化鋅從膝後窩的動脈注射進去，不僅防腐至少兩年，還能產生神奇變化，讓遺體看起來像發光的白色大理石。

克勞威爾（同前）

薩涅法被大肆吹捧，說遺體變成「貝殼般的肖像，雕塑」。

《林肯軼事》（同前）

他們架起一張床，做防腐。捲起「綠廳」的地毯，再用一大塊方形帳棚布保護地板。

摘自《醫師助手：D．魯特回憶錄》
唐納文．G．魯特醫師著

這種防腐法毋須抽出血液。他們脫掉男孩衣物，在他的左大腿切一刀。使用一個小直徑的金屬幫浦把氯化鋅注射進去。無特別困難之處。只有注射點事後需要小小的縫合，再把男孩衣服穿回去。

——威奇與威奇（同前）

孩子的母親極度心亂，入殮衣裳是父親挑的，裝在大帽盒裡送下來。

——魯特（同前）

威利穿的是平日衣裳。褲子、西裝外套、白襪與低筒鞋。白襯衫領外翻。袖口折到西裝裡。

——摘自《亞伯拉罕・林肯：從懷疑者到先知》

偉恩・C・坦帕著[69]

摘錄一八七一年七月七日《伊利諾州報》

這孩子還活著時，屋裡每個人都多次看過他穿那套灰色小西裝。

——席亞德（同前）

引述管家史壯佛特

小威利，可憐夭折，穿著他常穿的棕色舊西裝、白襪子、短筒鞋，如同被摧殘的木犀草。

他躺在那裡，閉著雙眼，棕髮照平日樣子分線，蒼白沉睡於死亡裡；除此之外，一切如昔，因為這就是他平日晚間的穿著，雙手交握於胸前，握著一束精緻的花朵。

——艾波斯坦（同前）

總統下來察看。太早了。床還沒收。詹金斯還在收拾油布。工具箱沒關上，我們這行的器具清晰可見。幫浦也還在唧唧響，真是不幸。這破壞了預期效果。

——威利斯（同前）

總統臉色煞白，向我們道謝，火速離開房間。

——魯特（同前）

68《盜取林肯遺體》（*Stealing Lincoln's Body*, 2008），湯姆斯·克勞威爾（Thomas J. Craughwell），專業作家。

69《亞伯拉罕·林肯：從懷疑者到先知》（*Abraham Lincoln: From Skeptic to Prophet*, 1995）。偉恩·C·坦帕（Wayne C. Temple, 1924-）林肯權威，著有多本林肯專書。

89

男孩呆坐，眼睛睜得老大。

羅傑・貝文斯三世

90

威利出殯日狂風大作，掀飛屋頂，扯破國旗。

——李琪（同前）

前往橡樹丘墓園的隊伍，兩匹白馬拉靈柩，裡面躺著此生只識快樂的小男孩。黑馬拉的則是哀傷疲憊的總統。

——蘭道爾（同前）

大風吹跑高房屋頂，颳碎玻璃窗，犁平軍方帳棚營地，讓泥濘街頭變成渠道又變成急流。陣陣巨風摧毀數間教堂與許多棚屋，樹木連根拔起，吹破國會圖書館的天窗，大水淹過波多馬克河上的長橋，流進亞歷山卓。

——艾波斯坦（同前）

死者父親的馬車駛過，無視滿目瘡痍。

——李琪（同前）

葬禮馬車隊伍綿延數條街，許久才到喬治亞城高地，進入橡樹遮天的美麗橡樹丘墓園。

——昆哈特與昆哈特（同前）

最前面的隊伍從華盛頓街抵達橡樹丘墓園時，發現隊伍過長，必須分出一列從橋街進入高街。隊伍攀至新的高位水源區，轉入路街，繼續往東進入墓園，威利．華利士．林肯的遺體將放在W．T．卡洛墓窖編號二九二的墓槽。

——摘自《威利．林肯之死隨筆》
瑪緹歐．威廉斯著
皮巴迪圖書館協會長

現在安靜了，數百人跨下馬車，進入墓園大門，前往有藍色窗玻璃、漂亮哥德風的紅色石造小教堂。

——昆哈特與昆哈特（同前）

陽光一度露臉，灑進小小窗戶，教堂染上一片藍光，彷彿在海底，讓禱告短暫中止，會眾同感神奇。

——史密斯－西爾（同前）

葛里博士站在靈柩前繼續禱詞。

昆哈特與昆哈特（同前）

因此，我們可以確定喪子父母與所有失怙孩兒，他們的感情並非憑空而生，他們的煩惱也非毫無緣由。這都是他們的**天父**、他們的**主**所安排的過程，條理分明。望之神祕不可解的措置，也依然是**祂**的措置；**主耶穌**的行為曾讓**門徒**迷惑，他說：「我所做的，你如今不知道，後來必明白。」當你哀傷思悼，**主**也如此說。

葛里（同前）

這男人坐在那兒，扛負重擔、為世人驚嘆的腦袋，現因心之所感、腦之所思而低垂，因痛失愛子的沉重打擊而顫顫巍巍！

威利斯（同前）

總統站起身，靠近靈柩，站著。

摘自《黑暗日子》
法蘭欣・肯恩著

教堂裡的緊繃與哀傷幾乎觸手可及。總統正與愛兒共享最後珍貴時光，頭兒低垂，禱告，哭泣，或者驚愕，無從得知。

——史密斯－西爾（同前）

遠處傳來吶喊聲。可能是工人在指揮風災善後。

——肯恩（同前）

似乎全憑意志，總統轉身離開靈柩，我這才想到他要將孩子留在一個陰鬱孤獨的所在，多麼難啊，孩子生前，他絕不會如此。

——皮爾斯（同前）

他彷彿在數日內老了許多，人們對他投以同情眼神與祈禱，他似乎恢復鎮定，離開教堂，表情至為痛苦，但仍忍住眼淚。

——史密斯－西爾（同前）

我趨前跟與總統握手，誠摯致哀。

他似乎聽而不聞。

臉上陰暗錯愕。

他說，威利死了。彷彿此刻才驚覺。

——皮爾斯（同前）

91

男孩站起身。

以此種姿勢脫離林肯先生。

面對我們。

蒼白圓臉驚愕。

漢斯・沃門

羅傑・貝文斯三世

漢斯・沃門

羅傑・貝文斯三世

他說，我能告訴各位一件事嗎？

此刻，我多麼愛他。真是個奇怪的小傢伙：長撮瀏海，圓圓小凸肚，舉止成熟。

他說，您並不是生病。

漢斯・沃門

突然一片緊張與激動。

羅傑・貝文斯三世

他說，養病箱裡那個東西？跟我毫無關係。

漢斯・沃門

大家開始挪向門口。

羅傑・貝文斯三世

我的意思是的確有關係。或者以前有關。但是現在的我，跟它毫不相干。我沒法解釋。

漢斯・沃門

沃門先生說，別再說了。拜託您馬上住嘴。

男孩說，我們的病有個名字。您難道不知道？真的不知道？

羅傑・貝文斯三世

許多人開始奔逃，在門口擠成一團。

漢斯・沃門

男孩說，真是不可思議。

沃門先生說，住嘴。看老天分上，拜託住嘴。

男孩說，死了。我們都死了！

羅傑・貝文斯三世

突然，我們背後傳來伴隨物質光閃爆現象、熟悉卻依然令人膽寒的霹靂聲，連續三聲。

漢斯・沃門

我不敢轉身看誰走了。

羅傑・貝文斯三世

男孩在教堂中闊步，幾乎是開心大叫，死了！死了，死了，死了！

那個字眼。

恐怖字眼。

漢斯・沃門

普第、巴克、愛拉・布洛攀在窗櫺，死命拍打，好像受困小鳥，因男孩的莽撞發言而喪失元氣，衰敗。

羅傑・貝文斯三世

薇拉・布洛站在下方，哀求老媽下來。

漢斯・沃門

沃門先生告訴男孩，您錯了。如果您所言屬實，請問——現在說話的人是誰？

我說，是誰在聽？

沃門先生說，跟您說話的是誰？

我說，我們又是在跟誰說話？

羅傑・貝文斯三世

男孩不肯住嘴。

漢斯・沃門

每句冒失之語都摧毀我們多年的苦工與辛勞。

羅傑・貝文斯三世

他說，父親說的。說我已經死了。如果不是真的，他幹嘛這麼說？我剛剛聽見他說的。我聽到他在回憶裡說的。

我們無話可答。

漢斯・沃門

的確，（我們現在已經認識林肯先生），他似乎不會在這種大事上說謊。

我必須說，我猶豫了。

是的，我現在憶起早年在此，我的確短暫認為自己是——

羅傑・貝文斯三世

然後你看見事實。看到自己能行走、說話、思考，因此，必然只是病了，罹患某種世人仍不知的疾病，不可能是——

漢斯．沃門

這讓我猶豫了。

羅傑．貝文斯三世

男孩說，我生前是個好小孩。至少努力做個好人。現在我也想行正確之事。因此，我該走。去我原先該去之處。父親不會再回來。這裡所有人都不會回到原來的地方。

漢斯．沃門

現在他快樂蹦跳，好像灌了一肚子水的學步兒。

他說，加入我吧。全部加入！何必停留？有什麼意義。看不出來我們人生已結束了嗎？

羅傑．貝文斯三世

攀在窗櫺間的普第、巴克、愛拉．布洛在三聲伴隨物質光閃爆現象的霹靂聲中，走了。

漢斯．沃門

原本站在下面的薇拉・布洛緊隨其後，無法忍受沒有母親的生活（在先前世界，她可是被迫忍受許久）。

羅傑・貝文斯三世

男孩大叫，我就知道！我就知道我不對勁！

漢斯・沃門

他的皮膚薄似羊皮紙；渾身顫抖。

羅傑・貝文斯三世

他的軀體（有些人走以前會如此）開始閃現他在原先世界的幾個階段：紫通通的新生娃；哭叫的裸身嬰孩；臉蛋嫩似果凍的學步兒；病榻上的發燒男孩。

漢斯・沃門

然後，形體大小不變（還是個孩子），他開始閃現未來各個階段（唉，可惜沒機會了）的模樣：
穿著結婚禮服的緊張青年；
因歡愉而腹股溝汗濕的赤裸丈夫；
聽到娃兒哭啼連忙跳下床點蠟燭的年輕父親；

哀傷的鰥夫，滿頭灰白；帶著喇叭型助聽器、齒搖背駝、拍打蒼蠅的老頭。

羅傑・貝文斯三世

過程裡，他似乎渾然不覺這些變化。

漢斯・沃門

他哀傷說，噢，以前那個地方很好，非常好。既然無法回去。只能做該做的事。

羅傑・貝文斯三世

然後，深呼吸，閉上眼睛——

漢斯・沃門

走了。

羅傑・貝文斯三世

男孩走了。

漢斯・沃門

我和沃門先生從未如此靠近伴隨物質光閃爆現象、熟悉卻依然令人膽寒的霹靂聲。

羅傑・貝文斯三世

隨後的爆炸震翻我們。

漢斯・沃門

倒在地上，瞇著眼，我們最後瞥見他的孩子氣蒼白臉孔、期待握拳的雙手，以及拱聳的小背脊。

羅傑・貝文斯三世

他走了。

漢斯・沃門

灰色西裝只多停留了一會兒。

羅傑・貝文斯三世

92

我是威利　我是威利　我不是
不是
威利
不是威利，但是
多多
少少
算
當我（曾經是威利但不再是（不僅是）威利）重返
此種真善美。
一切　一切均被允許　做什麼都可以　都允許 我　現在　輕鬆輕鬆輕鬆
起床下去參加宴會，允許

吃糖果蜜蜂，允許

吃大塊蛋糕，允許！

喝潘趣酒（甚至加萊姆酒），允許！

叫樂隊更大聲演奏！

拿吊燈盪鞦韆，允許；飛到天花板，允許；到窗邊看外面，允許允許允許！

飛出窗外，允許，允許（全體歡笑賓客快樂追隨我，鼓勵我，對啊，飛啊，飛走吧）（嘴裡還說，

噢，他好多了，一點不像生病！）！

以前那個傢伙（威利）擁有的，現在全部歸還他（心甘情願地歸還），但那些原本就不屬我（也

不屬於他），所以不算剝奪，不算！

威利．林肯

93

林肯先生在座位上驚了一下。

羅傑・貝文斯三世

好像學童在課堂上打盹突然驚醒。

漢斯・沃門

左右張望。

羅傑・貝文斯三世

似乎有那麼一下不確定自己在哪裡。

漢斯・沃門

然後起身走向門口。

男孩的離去解放了他。

他的步伐如此迅速，我們來不及閃開。

短暫進入他體內，再度窺知所想。

羅傑・貝文斯三世

漢斯・沃門

羅傑・貝文斯三世

漢斯・沃門

94

他的孩兒走了；他的孩兒不在了。

漢斯・沃門

他的孩兒無處可尋；他的孩兒無處不在。

羅傑・貝文斯三世

這裡已無可留戀。

漢斯・沃門

他的孩兒不在此處，也不在任何地方，句點。此處不再特別。

羅傑・貝文斯三世

繼續滯留是錯誤；是耽溺。

漢斯・沃門

造訪乃多餘之舉，是性格軟弱。

羅傑・貝文斯三世

現在他的思緒轉向哀傷；轉向世界充滿哀傷這個事實；人人均扛負某種程度的悲哀；是人，皆苦；無論一個人在世間行何道，必須記住世人皆受苦（沒人心滿意足；不是被錯待，就是被忽略、視如無物、誤解），因此，人應竭力減輕周遭人的負擔；記住他此刻的哀傷並非獨有，一點也不，從古至今，無時無刻，無數人不是正在體驗就是即將體驗類同之苦，所以，不該拖延也不該擴大此種哀傷，耽溺於此，對任何人都沒有幫助，他位高權重，一舉一動皆有大益或者大害，如能辦到，便不該持續低落。

漢斯・沃門

世人皆受苦，不是已經受苦，就是即將如此。

羅傑・貝文斯三世

這是世事的本質。

漢斯・沃門

表面上看來，人人皆不同，這並非事實。

羅傑・貝文斯三世

人之核心就是受苦；我們的結局不可免，邁向結局前必須體驗各種失落。

漢斯・沃門

我們應視彼此為——

羅傑・貝文斯三世

受苦、無力的存在。

漢斯・沃門

恆為環境所制卻神恩補償匱乏。

羅傑・貝文斯三世

他的憐憫心此刻擴及所有人，並依嚴格邏輯，跨越抹滅所有分歧。

漢斯·沃門

他帶著破碎、敬畏、謙卑、渺小之心離開此地。

羅傑·貝文斯三世

願意相信世間一切。

漢斯·沃門

殤逝讓他不再至剛易折。

羅傑·貝文斯三世

因而更為強大。

漢斯·沃門

缺損，崩毀，再造了。

羅傑·貝文斯三世

慈悲，堅忍，茫然了。

漢斯・沃門

但是。

羅傑・貝文斯三世

但是。

他正在興戰。雖然他的敵人也是受苦、無力的存在，他仍必須——

漢斯・沃門

殲滅他們。

羅傑・貝文斯三世

置之死地，不留生機，驅回巢穴。

漢斯・沃門

想到這麼多士兵在各地戰場受傷、瀕死，荒草侵身、鳥啄眼珠、化為腐肉、嘴唇醜陋內縮、雨水／血液／落雪浸濕的家書四散身邊，他必須（我們覺得必須）竭盡所能，不再踉蹌失足於跋涉已久的難途（業已錯誤甚深），繼續失足，只會摧毀更多這樣的男孩，他們也是家人心中寶。

不再摧毀、不再摧毀，必須努力方能不再摧毀。

必須擊潰哀傷；不能淪為禁臠，無能無效，更陷困局。

羅傑・貝文斯三世

速戰速決，方能締造最大福祉，因此——

漢斯・沃門

必須殺。

羅傑・貝文斯三世

更有效率。

漢斯・沃門

不留生機。

羅傑・貝文斯三世

血流成河。

漢斯・沃門

流血、流血，直至敵人明白大義。

羅傑・貝文斯三世

以戰止戰，血腥，卻見速效，也是最慈悲的做法。

漢斯・沃門

唯有更多苦難才能終結苦難。

羅傑・貝文斯三世

我們節節敗退，消沉迷惘，淪為笑柄，無所憑藉，必須停損，恢復自我。

漢斯・沃門

必須贏。一定得贏。

羅傑・貝文斯三世

想到殺戮，他心頭一沉。

漢斯・沃門

值得嗎？殺戮，值得嗎？表面上，這只是技術（聯邦法）問題，實則不止於此。而是人該怎麼活？可以怎麼活？現在他憶起兒時躲著父親閱讀約翰・班揚的書；養兔賺點小錢；在鎮上街頭日日瞧見飢寒乞討的隊伍迤邐而行；閃躲富人歡欣駕乘的馬車。他自覺奇特笨拙（卻也聰明優異），長手長腿，經常碰翻東西，被人貶抑嘲笑（人猿林肯、亞伯拉猿、蜘蛛、高個子怪物），心頭暗想這世界總有屬於他之物，他只需要踏出去，攫取。他清楚知悉自己的道路——他反應快，人們喜歡他的莽撞與正義熱血。桃子林、稻草堆、年輕女孩、古老荒草原的美讓他為之瘋狂，泥河岸邊，動物成群懶散踱步，只有口操破英語、宛如隱士的老船伕擺渡，你才能過河。這一切，世間的一切豐饒，人人可享，人人可用，似乎旨在教誨人該自由，可以自由。他生於低下、長於低下、見過低下場景（他曾聽見肯恩家木屋敞開的門裡傳出淫聲，瞥見仍著襪的四腿交纏，襁褓兒蹣跚走過，抓住其中一個翻雲覆雨者的腿支撐自己），但是像他這樣的年輕自由白人，只要願意，想爬多高就可爬多高。任何人都可以。

反對者是：強取你手中蘋果，宣稱己有、為己所種的肥王型人物，他們擁有的一切不是白白奉送至眼前，就是巧取豪奪而得（不公不義的本質或許只在他們生來較他人強大、聰明、果敢）。蘋果強奪到手，便傲然大嚼，不僅認為蘋果真為他所種，甚至水果還是他發明的，謊言的代價則落在低下者的心頭（伊利諾州桑加蒙郡的貝威跟父親扛著沉甸甸的穀物，噓開前廊上的小孩，顛倒於上。）

隔海，那些肥王喜孜孜瞧著立意本善之事失控脫軌（南方那些肥王也一樣）。一脫軌便全盤傾覆，永遠，如有人想再起爐灶，嗯，眾人會說（誠實之言）：烏合之眾無法成事。

烏合之眾可以。烏合之眾必將成事。

他會領導烏合之眾成就此事。

這仗非贏不可。

羅傑・貝文斯三世

我們的小威利必不樂見空虛無用的哀傷使我們的目標窒礙難行。

漢斯・沃門

我們的腦海浮現男孩站在高崗上，快樂揮手，督促我們在這事上要勇敢堅毅。

羅傑・貝文斯三世

（我們隨即節制）這難道不是一廂情願？難道不是為了鼓舞自己，假設男孩賜與了我們無法證實的祝福？

是的。

的確如此。

漢斯・沃門

但是我們必須如此，必須相信，否則便是敗亡。

羅傑・貝文斯三世

我們不能敗亡。

漢斯・沃門

必須持續。

羅傑・貝文斯三世

上述種種是在林肯先生穿越我們身體的瞬間得知。

漢斯・沃門

然後他踏出門，沒入夜色。

羅傑・貝文斯三世

95

我們黑人不跟白人同教堂。

經驗得知，白人不怎麼喜歡我們進他們的教堂。除非是幫他們帶孩子，或者攙扶老人、給他們搧扇子。

突然這名高個子白人走出教堂，直直撞上我。

當他穿過我，我站牢腳跟，察覺下面話語：我會繼續，一定會。上帝助我。雖然殺戮必然嚴重違反祂的意旨。上帝的立場究竟為何，其實昭然。祂顯然可以停止這一切。但是祂沒有。我們不該視上帝為祂（有獎有罰的傢伙），而是牠，無可理解的巨獸，對我們有所求，我們便得俯從其意，唯一操之在我的是承其意旨時的精神，以及犧牲奉獻的最後目標。牠所求的最終目標為何？我不知道。眼前看來，牠要鮮血，更多的血，改變現狀以符合牠的意旨。牠要的新狀為何，我不知道，只能耐心等待揭曉，雖然三千死亡士兵的眼睛惡狠狠瞪我，焦躁舉起已死之手，問，這物所要何事，我們的可怕犧牲將有何價值——

然後，他離開我，我很高興。

海文斯先生站在前門附近，跟我一樣，正好擋住那白人的路，他做了我根本沒膽子（也不想）幹的事。

法蘭西絲・賀其太太

96

我不知道自己怎麼回事。在先前世界，我從不莽撞。有什麼必要？康納先生、他的好老婆以及所有兒孫待我們如家人。我與妻兒從未分離。吃得好，沒挨過打。他們賞了一棟小而美麗的黃色木屋給我們。算是很好的安置。

所以，我不知道自己發什麼瘋。

當那位紳士穿過我的身體，我覺得我們像是親人。

我決定多停留一會。

待在他的身體裡。

現在我們步伐一致，一起行動。不容易。他腿長。我必須加長我的腿來配合，伸長我的四肢軀幹，直到我們同樣大小，一起騎馬出發，再度騎馬的快感無比暢快，（請原諒我）我——我便停留了。待在他體內。真是暢快啊！可以做自己想做的事。無須聽命行事，無須尋求允許。可以說是一輩子限制我的天花板突然掀飛了。瞬間，我知曉印第安那州與伊利諾州的廣大地貌（城市的完整構圖，以及某些人家的好客之道，雖然我從未去過），進而理解這位紳士——天啊，我可不說他所擔任的公職。我開始怯懦，居然占據如此顯赫之人。但是待在他體內如此自在。我突然希望他認識我。我的人生。認識我們。我們的命運。我不知道為何如此，但確實如此。我可以說他對我並無惡感。或許該說，他一度有，至今也還有些許殘餘，但是檢視這種惡感，將之曝光，就蛀蝕了這種惡感。他就像一本攤開的書。一本仍在攤開的書。攤得比以往更開。因為哀傷。因為——我們。因為我們這些最近占據過他身體的所有人，無論黑白。顯然這種合體對他並非一無影響。事實是影響很深。他變得哀傷。更加哀傷。我們這些白人與黑人的悲愁讓他更加哀傷。而現在，說來奇怪，他的哀傷也讓我比以前更哀愁。我想，好吧，如果我們要開一個哀傷派對。那我可有一些您這位顯赫人士想知道的哀傷。我努力回想賀其太太、埃爾森、麗姿，以及我居住在亂葬堆這段長時間裡，耳聞他們的種種煩惱與屈辱，並回想我認識且深愛的同類（我的母親；我的妻子；我的孩兒：保羅、提摩太、葛麗亞；藍斯．P；他的妹妹碧；克須曼家的四個孩子），回想他們經受過的一切，想著，**先生**，您若如我所想的位高權重，如我所見的努力為我們盡力，好讓我們可以自助。那，我們準備好了。我們有能力也有怒火，我們的希望被壓縮得如此厲害，一旦釋放，將是致命甚或神聖：解放我們，先生，讓我們投入其中，讓世人看看我們的能耐。

湯姆斯．海文斯

97

埃爾森與麗姿原本站在教堂門口，聆聽。

現在他們手牽手跑過來。

麗姿問，那個白人小男孩？

埃爾森說，他說我們死了。

法蘭西絲・賀其太太

賀其太太說，老天。

埃爾森・法魏兒

在坑裡這些年，我私心想望有一天我的孩子安妮萊斯、班傑明會——會怎樣？與我團聚？有一天會與我團聚？在這裡？荒唐可笑。

我突然看清這有多荒謬。
可憐。
這些年，我真是可憐。
他們永遠不會在此處跟我團聚。他們會老去、會死亡、安息永眠於遙遠他處——他們被帶走（從我身邊帶走）後所去之處。他們不會來這裡。況且。我幹嘛希望如此。當初有這個想望，因為我相信自己在此處只是暫停、等待。現在，我——
現在我知道我已經死了，我希望他們去該去之處。不管是哪裡，直接去。想到這裡，我覺得我也該走。

法蘭西絲・賀其太太

我用以往的眼神看著麗姿，彷彿說：小姐，妳的想法呢？
麗姿說，賀其太太，您怎麼做，我就怎麼做。一直以來，您就像我的母親。

麗姿・萊特

有點遺憾。
我剛剛找回聲音，就到了該走的時候。
我問，埃爾森，你呢？
他說，不。世間如有所謂的美德、情誼、救贖，且可獲之，有時必定需要鮮血、以眼還眼、折騰恐懼的前加害者，直至無情的壓迫者消亡。我打算留下來。留在這裡。在某人身上報讎雪恨。

（可愛的孩子。這麼驕傲。這麼戲劇化。）

我說，我們已經死了。

他說，可是我在這裡。我真實存在。

我不說了——如果他想留下，我無意阻撓。

各隨其意吧。

我對麗姿說，好了嗎？

彷彿紀念舊日時光，她對我連眨兩次眼，意指：**是的**。

法蘭西絲・賀其太太

98

親愛的老哥，這是後記。寫了上面那封信後，我上床。之後，聽到馬蹄聲——我叫葛麗絲來幫我坐上輪椅，推到窗前——瞧，離開的人不正是林肯先生嗎——真的——他看起來疲憊萬分，馬背上的身體躬屈——我推開窗戶，朝下大聲問老好先生曼德斯——果然是總統先生——他究竟心痛到什麼程度，會在這酷寒**深夜**來此？

現在我得讓葛麗絲弄我上床——除非必要，盡量不使喚她，近來她跟我鬧彆扭呢——總是壞脾氣，也不跟我說笑了——好像萬分厭倦我，誰能怪她——誰喜歡聽任重度癱瘓的人指使——我不怪她，因為我自己近來疼痛日劇，情緒低落——她也不算是朋友——我必須時刻提醒自己——她是我們雇來照顧我的——**如此而已**。

哥哥，你何時回家？我知道你的浪遊有原因——但是難以相信你不寂寞——還是你迷上了某個**草原**女士——你的妹妹又累又寂寞又病著——難道你不愛我，不想再見到我？——拜託回家吧——我不想讓你擔心——說這些話也不是想逼你回家，但是我近來實在不好。虛弱、神思不屬、食不下嚥——難道我們不是彼此相愛，理當相守？

拜託回家來吧。我十分想念你。在這裡也沒有真正朋友。

愛你的妹妹，

伊莎貝

——波金斯（同前）

99

當總統走出教堂我連忙跑出警衛室幫他開大門總統走出去沒說話看來有點心不在焉親熱地捏捏我的膀子就爬上那匹小馬我還以為會連人帶馬翻過去呢但是那匹英勇小馬十分堅強氣度高貴地躂噠走了好像為了保護總統的名聲牠得假裝總統的腳並沒拖到地上湯姆我跟你說啊那匹高貴小馬驕傲地像是在駝負大力神海力克士或者喬治華盛頓躂躂消失在寒夜裡的R街。

鎖門時湯姆我感覺有人在看我抬頭瞧見對街的「神祕女孩」正坐在窗口老位子費力拉起窗戶問我剛剛騎馬走掉的人是不是總統我回喊說是的湯姆啊看著真悲哀這女孩我從小看到大從還能跟著別人跑跳的小女娃看到現在至少三十歲了吧一陣同情我喊說聽說她身體不好最好是關上窗子吧天氣太冷了她謝謝我的關心並說總統的孩兒真是不幸啊我說噢是啊真悲哀她說那孩兒現在必然去了更好的地方我說但願如此祈禱如此我們的聲音飄盪凝結在空中好像世間僅剩我們兩人我們互道晚安她拉下窗戶沒多久燈就滅了。

——曼德斯（同前）

100

我輩自教堂四壁大批奔逃而出。

漢斯・沃門

不少人奔逃中便投降了。

羅傑・貝文斯三世

貝文斯先生跟我一起衝出去，多起物質光閃爆現象照亮教堂四周漆黑夜色。

漢斯・沃門

舉目一片混亂。

羅傑・貝文斯三世

被強暴的漂亮混血兒的淡色罩衣從空中飄下，臀部處仍有血手印。

漢斯．沃門

接著是賀其太太碩大的空蕩衣服。

羅傑．貝文斯三世

四處可聞咒罵、吶喊，以及我們親愛的朋友們死命奔過草叢與低垂樹枝的快速咻咻聲。

漢斯．沃門

有人深深疑懼，以致無法動彈。

羅傑．貝文斯三世

他們有的疲憊倚靠石頭，有的虛弱趴在路上，有的彷彿由高空墜落，軟綿委頓於長椅。

漢斯．沃門

許多人就以這種不體面姿勢投降。

羅傑．貝文斯三世

此刻，史東中尉衝過教堂草坪。

漢斯・沃門

直衝法魏兒先生。

羅傑・貝文斯三世

黑炭，閃開，停止**褻瀆**此一神聖所在。

因為我是**頭兒**，**此地**最久的住民（超過**兩萬個夜晚**，根據我的最新統計，自我來此，因**懦弱**與**膽怯**離開此地的**生靈數**近**九百**），除了我，還有誰配**管事**，如果一個**黑炭傢伙**趁著近來的混亂在此遊蕩，不是該**怪**我，**狠狠怪我**嗎？

希賽爾・史東中尉

就連中尉的極度自信似乎也受此番混亂影響，他的身體並未隨恣意謾罵而拔高，好像還萎縮了點。

羅傑・貝文斯三世

中尉勒令法魏兒先生回去工作，繼續指派給他的活兒，不管是哪個白人下令的，法魏兒先生聞言，一把抓住中尉的衣領，將他粗暴壓倒在地。

漢斯・沃門

中尉質問法魏兒先生怎麼有膽對盛怒白人動手，喝令他放手；法魏兒先生拒絕，中尉怒踢法魏兒胸口，法魏兒朝後飛，中尉翻身站起，跨騎法魏兒，猛捶他的腦袋。法魏兒情急抓住路旁石頭，敲向中尉腦袋，中尉頹倒在地，三角帽飛出去。法魏兒一個膝蓋頂著中尉胸口，猛砸中尉，直到他的頭殼一團稀糊。之後他蹣跚走開，鬱鬱坐在地上，捧頭，哭泣。

羅傑・貝文斯三世

中尉的腦袋迅速恢復原形，復活，看到哭泣的法魏兒先生，咆哮說他不知道**黑炭**也會哭，因為唯有擁有人類情感才懂得哭，他再度喝令法魏兒先生回去工作，繼續指派給他的活兒，不管是哪個白人下令的，法魏兒先生再度抓住他的衣領，將他摔倒在地，中尉再度質問法魏兒先生怎麼有膽對盛怒白人動手，喝令他放手；法魏兒先生再次拒絕，中尉再怒踢法魏兒胸口——

漢斯・沃門

如此反覆。

羅傑・貝文斯三世

我們快步離開現場時仍在繼續。

漢斯・沃門

毫無緩和跡象。

羅傑・貝文斯三世

盛怒持續，顯示他倆有可能打到天荒地老。

漢斯・沃門

除非現實有了想像不到的基本變化。

羅傑・貝文斯三世

101

沃門先生跟我死命奔回「住處」。

羅傑・貝文斯三世

顫抖。

漢斯・沃門

我們居然會發抖。

羅傑・貝文斯三世

貝文斯先生跟我居然發抖了。

漢斯・沃門

我喊道，兄弟，我們該怎麼辦？

沃門先生高聲回道，我們確實存在。看看我。我就在這裡。不然是誰——是誰在說話？又是誰在聽我說話？

羅傑．貝文斯三世

但是我們還是抖。

漢斯．沃門

我們遇見聲名狼藉的拜朗夫婦，癱臥在康斯坦丁的養病土堆上（不起眼的墓石板，一角破損，數十年來的鳥屎讓它斑斑點點）。

羅傑．貝文斯三世

（很久以前，有人在這兒種了一棵小樹，給康斯坦丁遮蔭。）

艾迪．拜朗

站起來，站起來。

X的別停留。X的別想。

我沒有。我X的沒在想。

我只是不舒服。

貝絲・拜朗

看著我。看著我。

還記得我們跟孩子曾住過的那個X的美麗田野？那個，呃，廣大的草原。住在帳棚裡？記得嗎？就在X的唐納文把我們趕出河邊那個屎窩之後？那段時光真棒，對吧？

艾迪・拜朗

哪來X的廣大草原！你X的屎蛋！那是全世界X的下流渣來拉屎跟X的丟垃圾的地方！

貝絲・拜朗

但是風景很棒，對吧？不是所有小孩都能看到那樣的美景。從我們的帳棚簾子看出去：他X的白宮就在那裡。

艾迪・拜朗

但是你走路得繞過X的垃圾山。留心那些X的大老鼠。還有愛吃豆腐的海珊一家就X的住在那裡。

貝絲・拜朗

他們可從沒吃妳豆腐。

艾迪・拜朗

狗屎！我可是得用一鏟子熱煤燙那個X蛋的腿。才讓他住手！敢跑來我們X的帳棚！當著X的孩子的面！難怪他們從不來看我們！我們在這裡待了X的多久啊？X的非常久。他們一次也沒來。

貝絲・拜朗

X他們！是吧？這兩個X的忘恩負義的毒蛇根本沒有X的權力埋怨我們，他們X的試試看我們X的人生，一天就好，這兩個天殺的屎X半天也沒過過。

艾迪・拜朗

艾迪？不！
他們可是我們的孩子。
我們X的自己搞砸了。

貝絲・拜朗

X的別想這些哀傷的X。
X的別停留。X的別想。

妳猜怎著？
咱們X的不離開！還有一大堆X的樂子沒享呢，對吧？

艾迪・拜朗

艾迪。
我們X的已經死了，艾迪。
我愛你，你這個X的X蛋。

貝絲・拜朗

不。
不不不。別這樣。別。
小寶，X的跟我留在這兒。

艾迪・拜朗

她的皮膚開始薄似羊皮紙。渾身顫抖。身形開始閃爍，顯示她在先前之地不同階段的模樣（太墮落、貧窮、羞恥，不值一提），唉，也顯示出她不幸無法擁有的各種未來模樣：關愛的母親；細心的糕餅師；經常上教堂的滴酒不沾者；被可愛乾淨孫兒環繞的祖母，言語溫柔，受人尊重。

羅傑・貝文斯三世

之後，傳來伴隨物質光閃爆現象、熟悉卻依然令人膽寒的霹靂聲。

漢斯・沃門

她走了。

羅傑・貝文斯三世

破舊惡臭衣物從空中散落各處。

漢斯・沃門

拜朗先生雖然不情願，基於對妻子的極度深情，還是狂飆驚人穢言，投降了，他的物質光閃爆現象不是常見的白色，而是暗灰。

羅傑・貝文斯三世

他的衣服從空中落下，一股菸味、汗味、威士忌味。

漢斯・沃門

還有賽馬新聞報與黃色漫畫。

羅傑・貝文斯三世

102

漢斯・沃門

突然，貝文斯先生看起來有點不對勁。

他的皮膚變得薄似羊皮紙。渾身顫抖。

回憶狂湧而至。

我記得一個早晨。那個早晨，我——

那個早晨，我——

在麵包店遇見吉伯特。

是的，我見到了。

我的天。

他——噢，太痛苦了！他與別人一起。男人。黑髮高個頭。寬胸。吉伯特跟他耳語，他們笑了。

是在嘲笑我。世界整個變平。變成專門上演某個笑話的舞臺，主角就是我：天生的癖性讓我尋到吉伯特，愛上他，無法相守（因為他希望「正確過活」），現在哏來了：我，站在麵包店門前，握著麵包，垂頭喪氣，他倆走過來，停步——咬耳朵，嘲笑——各站我的左右，這位新歡（真好看）聳眉，似乎在問：就是他？就是這麼個傢伙？

又是萬箭鑽心的爆笑。

我衝回家，然後——

幹了那事。

羅傑·貝文斯三世

貝文斯先生跪倒。

身形開始閃現他在先前世界的各個階段：

一個熱情卻女孩氣的男孩，一屋子姊妹寶貝著他；

用功的學生，苦讀乘法表；

馬車房裡的裸體年輕人，彎身溫柔親吻吉伯特；

乖兒子，生日時站在父母間擺姿勢拍銀版照片；

滿臉通紅氣怒悲慘，淚流滿面，手持切肉刀，瓷盆放在腿上。

他說，您還記得我剛到此處，您對我多好？安撫我。說服我留下。還記得嗎？

我說，略盡棉薄。

他突然以驚奇口吻說，我剛剛記起另一件事。您的妻子曾經來訪。

漢斯・沃門

沃門先生僵硬回應，我不記得這回事。吾妻深信我獨處一段時間有助復元，寧可不來拜訪。

我說，朋友，夠了。讓我們實話實說。我現在記起許多事情。想來您也一樣。

沃門先生說，一點也沒。

我說，一位滿面光彩的豐滿女士來訪。一年多前吧。她細數過往人生許多事，快樂的事（子孫滿堂，優秀丈夫），跟您致謝——謝謝您，想想看——謝謝您早年對她的好，照她的說法，「讓我得以白壁無瑕獻身畢生最愛的男人。」感謝您將她帶到「愛的路上」，從未錯待她（一次也沒），永遠那麼溫柔親切貼心。她說您是「真正的朋友」。

淚珠滾下沃門先生的臉龐。

出於敬意，她前來告別，站在您的墳前，解釋她未來無法與您在那處相聚，時候如果到了，她必須與丈夫合葬，這個新男人——

沃門先生說，別說了。

比您年輕得多。與她年紀較為相符。

沃門先生突然說，您呢，您割了手腕，在廚房地板淌血而死。

是的。我說，的確如此。

他說，過世已久。

我說，很久很久。

沃門先生說，噢，天啊。他的皮膚開始變得薄似羊皮紙，渾身顫抖，閃現先前一世各個階段的面貌：

穿著墨汁污點罩袍、臉龐稚嫩的學徒；

年輕鰥夫為首任妻子過世啜泣，抹去淚珠，儘管葬禮前死命刷手，指尖還是留著工作的藍墨漬。

寂寞無望的中年男子，除了工作便是飲酒，偶爾（極度沮喪）召妓；

新年，威奇特鎮上，身形壯碩、戴假髮、嘴裡有木製假牙的四十六歲印刷商偷瞄客廳那頭穿鮮黃衣裳的光彩少婦（其實，只比少女大些），此刻，他不再覺得老邁，而是年輕（風趣，活力，銳氣），這麼多年了，他首次覺得自己有能力奉獻給予，也有了一個他盼望能夠奉獻給予的對象。

羅傑・貝文斯三世

貝文斯先生說，一起走吧？一起？

他開始閃現各種未來模樣（唉，不幸無法擁有的面貌）：

站在船首的漂亮青年，遠眺海岸邊剛剛跳入眼簾的成排黃藍色房子（這趟航行，他和一位巴西輪機員大大燕好，學到許多，也得到至大享受）（也因此，貝文斯先生現在明白這才是他要的生活，不管是否違背上帝意旨）；

爾後多年，他跟留了鬍髭、個性溫和的藥劑師里爾登是戀人，心滿意足；

然後他是體面微胖的中年人，照顧罹病的里爾登直到他過世；

年近一百的老傢伙，得幸擺脫了所有慾望（性慾、食慾與呼吸），被一輛神奇工具載往教堂，那東西前面沒有馬匹，而是靠橡皮輪子向前滾，轟然作響如火砲不停歇。

漢斯・沃門

沃門先生說，是的，我們走，一起走。

羅傑・貝文斯三世

貌似我們一旦清楚認知自己是何物，不容否認，便不再有選擇。

漢斯・沃門

卻仍有一事羈絆我們。

羅傑・貝文斯三世

我們知道是什麼。

漢斯・沃門

是何人。

羅傑・貝文斯三世

我們現在兩人一心，飛奔往東（狂亂跳躍岩石、小丘、石屋的牆壁，好像受傷鳥兒，急呼呼一心奔往歸宿）。我們身形時閃時滅，越來越弱，僅靠殘存的一絲現實信念支撐，往東，往東，往東，抵達綿延數百碼的無人荒野邊界。

漢斯・沃門

止步於恐怖鐵圍籬。

羅傑・貝文斯三世

103

川納家女孩跟以往一樣，禁錮為鐵絲網的一部分，此刻幻化成縮小版的冒煙失事火車，數十個焦黑垂危者困在她體內，狂喊猥褻要求，川納小姐的「車輪」無情壓碾數頭擁有人臉與人聲的豬（我們得知就是這些豬釀成車禍）。當車輪不斷不斷滾動碾壓，牠們發出最可憐的哀求，散發烤豬味道。

漢斯・沃門

我們前來道歉。

羅傑・貝文斯三世

在她崩壞初期表現懦弱。

漢斯・沃門

自此，分秒齧噬我心。

羅傑・貝文斯三世

我們的第一個大挫敗。

漢斯・沃門

初次放棄我們從先前世界帶來的良心。

羅傑・貝文斯三世

站在起火車廂外，我喊，親愛的，聽得見嗎？我們想跟妳說點事。

漢斯・沃門

巨大的車在鐵軌上搖晃，火焰轟地升起，肇事的數頭豬轉頭看我們，完美人臉吐出漂亮的美國方言，說，她不想被救，也不會被拯救，她恨一切，恨我們所有人，如果我們真的關心她，就別打擾她，因為我們的現身已經讓她原本的巨大痛苦更行惡化，提醒她在先前世界擁有的那些希望，以及她初到此處的模樣。

羅傑・貝文斯三世

開心轉圈圈的年輕女孩。

漢斯・沃門

身上的夏日連衣裙不斷變化顏色。

羅傑・貝文斯三世

我大聲朝車內喊，對不起，我們沒有更努力勸妳走，那時妳還有機會。
貝文斯先生說，我們害怕，擔心自身安危。
我說，焦慮，焦慮我們可能失敗。
貝文斯先生說，我們覺得必須保守精力。
我說，很遺憾妳的處境。
貝文斯先生說，不該發生在妳身上。
我說，我們尤其遺憾妳崩毀時未能在妳身邊安慰妳。
一頭豬說，反而溜走。

漢斯・沃門

沃門先生的臉因回憶而扭曲。
然後產生變化，他變得強硬有生氣，應該是當年在印刷廠的模樣，遇事不會逃避。

之後快速閃現他未來各個階段樣貌：
凌亂的床，容光燦爛的男人，這是他與安娜行夫妻之禮後的次晨（她開心依偎他的胸膛，摸索他的鼠蹊，急著再次開始）；

雙胞胎女兒的父親，她們貌似蒼白縮小版的安娜；

退休的印刷商，膝蓋不好，由同一個安娜攙扶行走木頭棧道，安娜老了些，依舊漂亮，他們邊走邊聊，聊已當了母親的雙胞胎。兩人自信地一來一回，時而抬槓，彷彿是多年培養的默契。

沃門先生轉頭看我，露出痛苦但溫柔的微笑。

他說，這些不曾發生，也不會發生。

深深吸口氣。

踏入熊熊燃燒的火車。

羅傑・貝文斯三世

我可以看見川納小姐，在餐車，薰衣草色條紋壁紙裡清晰可見她的臉龐。

漢斯・沃門

年輕的布里斯托先生喜歡我，年輕的費羅司先生與戴爾威先生也喜歡我，晚上，他們會在草地上圍坐我身旁，眼睛閃耀著最熱切最美妙的慾望。

那實在是

然後**母親**叫安妮來找我。
我真的　哦　想要個親親**貝比**。
先生您**啊**可以
您可以**啊**幫我個忙　大忙
我知道吶　我現在吶沒以前漂亮。
但是您可以嘗試
至少嘗試
就在此時，就在這裡　拜託
您把這輛幹他媽的雞巴爛車給爆了
您要走了
拜託您　這或許可以釋放我　不知道　沒法確定
但是我在這裡實在不快樂了很久很久

怡麗思·川納

我將盡力一試。

漢斯·沃門

火車裡傳出伴隨物質光閃爆現象、熟悉卻依然令人膽寒的霹靂聲。

火車開始晃動，豬隻尖叫。

我連忙趴到這塊保庇我，但很快就不屬於我的地面。

火車爆炸。座椅飛落，豬塊飛落，菜單飛落，行李、報紙、雨傘、女帽、男鞋、廉價小說落下。

我跪起身，火車所在之處僅剩恐怖鐵圍籬。

已經沒我的事，我該走了。

雖然腦海依然縈繞塵世的點滴。

譬如：成群小孩費力穿越十二月的斜飛狂雪；在撞歪的街燈下與人分享一根火柴；鳥兒造訪高塔裡結凍的鐘；錫罐裡冰涼的水；六月雨後用毛巾擦乾濕貼身體的襯衫。

珍珠，抹布，鈕釦，地毯毛絨，啤酒泡。

某人對你的善意祝願；有人記得捎書於你；有人注意到你的不適。

餐盤上帶著死亡鮮血的烤牛肉；你匆匆奔赴飄散粉筆灰、柴火味的學校時，手兒拂過樹籬叢頂。

野雁在天，三葉草在下，迎風而行時的呵氣聲。

淚眼模糊了平原星斗；平底雪橇扛在肩頭的酸痛感；戴了手套的指頭在結霜窗戶寫下愛人的名字。

繫鞋帶；給包裹綁結；唇兒相接；手掌相撫；白日已盡；黑夜降至；知道明日過後還有明日。

再見，我必須跟這些說再見。

暗夜裡的狂叫；春日的小腿抽搐；起居室裡按摩脖子；就寢前啜飲牛奶。

踉蹌狗兒驕傲扒草覆蓋不起眼的糞便；雲兒大舉進攻驚破醺醉時刻；指頭抹過積灰的百葉窗板；時近晌午，該下決心；你目睹之事傷了你，只剩一條路。

血污瓷盆翻落在地；驚詫的最後一口氣並未攪動夏日積灰裡的橘子皮，奪命刀兒驚惶擱在一向搖晃的樓梯扶手上，後來被（心碎的）母親（親愛的母親）丟（扔）到濃濁緩流如巧克力的波多馬克河裡。

不是真的；一切都不是真的。

一切皆真；難以置信的真，萬般珍貴。

眼前的這些以及萬物均始於虛無，只是靜止的巨大能量，然後我們為它們命名，給它們愛，它們因而成形。

現在我得永遠失去。

親愛的朋友，我在這塊時光緩滯至靜止（俾使我們片刻如永恆地活著）的地方思緒狂湧，離去之前，想跟你們說——

再見再見再——

羅傑·貝文斯三世

104

卡洛琳、馬修、李查跟我交纏躺在靠近旗桿處的坑；我的那根對準卡洛琳的嘴，她的屁股對準李查的那根，馬修的那根對準我的耳朵，卡洛琳的私處則由馬修的嘴以及我伸長撫摸的中指分享。

李納德·雷迪先生

我們好像錯過大熱鬧。

卡洛琳·雷迪太太

忙著搞我們自己的熱鬧。

李查·克勞屈

但是，此起彼落的物質光閃爆現象霹靂聲實在太吵了——

卡洛琳・雷迪太太

我們這些男士為之疲軟。

李納德・雷迪先生

想要繼續搞熱鬧都沒辦法。

卡洛琳・雷迪太太

李查、雷迪先生跟我拉起褲子，雷迪太太穿上衣裙，衝往圍籬那處看熱鬧（當然，比不上我們的）。

馬修・克勞屈

途中，我們瞥見貝文斯先生——

卡洛琳・雷迪太太

該死的娘娘腔。

李查・克勞屈

跪在圍籬前喃喃自語。

李納德·雷迪先生

然後，常見景象：

閃光，衣物從半空落下。

馬修·克勞屈

貝文斯先生沒了。

李查·克勞屈

105

太陽快出來了。
我們這些熬過恐怖夜晚的人圍聚商討，火速出發尋找其他倖存者。
沒找著普第，約翰內斯，也沒找著克勞利。
沒看到皮克拉、愛拉·布洛、薇拉·布洛、艾波頓、史卡利與索恩。
米頓不見了，鞏克特、卡普、艾德威與榮斯崔也一樣。
艾維力·湯姆斯牧師：不見蹤影。就連兩位資格最老的忠誠住民貝文斯、沃門也不見了。
真是可憐。如此易騙。一個小男孩的胡言也能讓他們崩潰。永遠迷失了。
純真的傻瓜啊。

藍斯·杜寧

我們真實存在。不是嗎？否則，是誰在說話？聆聽的又是誰？

波西維弗・「團團轉」・柯利爾

真是大屠殺啊。

我們還只是視察了此處小小一隅。

藍斯・杜寧

不久，天色急促破曉，緊接著是慣常的四肢無力以及萎縮感，我們連忙奔回各自住所，脆弱遁入病體，緊閉雙眼或轉頭，以免瞧見那醜物變成何種模樣。

羅伯特・崔斯丁

旭日升起，我們照例各自在病體內祈禱：

勞倫斯・杜克魯瓦

當太陽再次下沉，我們能依舊在此。

安東妮・巴克斯太太

並在恢復行動能力的瞬間，發現自己再度被賜最神聖的禮物：

羅伯特・崔斯丁

時間。

藍斯・杜寧

更多的時間。

波西維弗・「團團轉」・柯利爾

106

太陽升起，兩個世界照例**合而為**一，凡在**此**世界屬實之物也成**彼**世界的實物：**石頭**、**樹木**、**灌木叢**、**山丘**、**山谷**、**溪流**、**池塘**、**沼澤**、**光與影**全部合一，**兩界交接**消失，無從分辨**兩域**差異。

今晚發生許多**新奇不安**之事。

我們三個**單身漢**以我們喜愛的方式（安全、**自由**、置身事外）在高空目睹一切。

我命令我**照管**的年輕人速速**返回養病**箱，遁入——

史丹利．李波特「叫獸」

遁入**等在那裡**之物。

呸。

「莽漢」金．肯恩

我們不喜歡進入那東西。

「扯屁王」傑克・富勒

一點也不。

「莽漢」金・肯恩

但這是**代價**；必須服從，我們完全**清醒**卻**無力**，困在那個一度**類似**（呃，曾經是）我們的東西（那個我們**鍾愛過**的自己），直到**夜晚再度**降臨，屆時，我們飛奔**而出**，就可以——

史丹利・李波特「叫獸」

自由。

「莽漢」金・肯恩

再度自由。

「扯屁王」傑克・富勒

作真正的自己。

「莽漢」金・肯恩

所有神賜造物再度為我們恢復。

史丹利・李波特「叫獸」

萬般再度可能。

「莽漢」金・肯恩

我們仨從未**結婚**，也未真正**愛過**，但是，只要**夜晚**再度降臨，我們還是此地**住民**，便有可能擊敗這個「從未」——

史丹利・李波特「叫獸」

因為嚥氣之前，一切尚在未定之天。

「扯屁王」傑克・富勒

我們還是可能擁有愛。

「莽漢」金・肯恩

107

湯姆此刻我正提燈前往卡羅法官的墓窖確保一切沒事卻發現小林肯的棺木稍微被拉出墓槽我把它推回去可憐的小傢伙這是他的第一晚將來他要在此度過無止無盡的孤獨夜。

不禁想到我家菲立普跟總統的男孩年紀相仿他從院子外飛奔回家因為他才隔著圍籬跟鄰居的艾咪與蕾芭李納德小姐調情而滿面紅光首如飛蓬止不住興高彩烈地抓起掃帚戳了廚娘艾伯特太太屁股一下她轉身打算用手中的大蕪菁敲他的頭瞧見他那張光燦的臉又能如何只好把蕪菁扔到洗菜槽裡攬住他的脖子猛親我則偷偷把掃帚遞給她好讓她在那小鬼耀武揚威連走帶跳離開前回敬他穿著破爛遊戲褲的屁股一記那廚娘的膀子可是壯如牛肩肉我無法想像菲立普僵直躺在這樣的地方只要念頭一起就得隨便大聲哼歌驅除一邊祈禱**不**不不不天父啊請勿把這杯撤去千萬讓我比所愛之人（菲立普瑪麗小傑克與親愛的莉迪亞）早死只是如此一來他們大限到時我又怎能相助？噢兩者都令人難忍噢上帝人生在世是何等束縛湯姆親愛的朋友我渴睡極了盼望太陽升起看到吾友快樂的臉龐所有哀傷病態

思緒能迅速消失。

——曼德斯（同前）

108

我在那位紳士體內同騎我們的小馬，穿過安靜街道，堪稱快樂。紳士可不。他覺得今夜的任性而行實是忽略了妻子。家裡還有一個病兒。也可能病危。雖然他今天稍好，仍有危殆之險。任何事都有可能。現在他明白了。他忘記了另一個孩子。

泰德。親愛的小泰德。

紳士心事重重。他並不想活。不怎麼想。眼前啊活著實在太苦。事情千頭萬緒，而他做得並不好，出了差錯，一切將毀於一旦。他告訴自己，或許到頭來事態還是會轉好，回到太平盛世。但是他並不真的相信。太苦了。他苦，我也苦，因為我在他體內。儘管如此，我決心停留。天快破曉。通常我們白天休息。所以此刻我昏昏欲睡。盹著了，從他的身體滑出進入小馬，我感覺此刻這馬兒從頭到腳只有**耐性**二字，而且深愛主人，我從未想過燕麥竟是如此好物，並且渴望某條藍毯覆身。我驚醒，坐直，重新進入紳士身體。

然後我們經過同胞們酣睡的家園，騎入夜色。

湯姆斯・海文斯

譯後記

無奈的嘮叨提醒

何穎怡｜譯者

《林肯在中陰》（*Lincoln in the Bardo*）是譯者夢寐以求的終極挑戰。

它，多聲歧義。共一百六十六個角色。原作者還得做試算表。這些角色性格各異、口語各殊，譯者如何掌握這些不同聲音是一大挑戰。

它，混合虛擬與真實素材。書內引用的文獻有的為真，有的為假。作者自承這是他和讀者的遊戲。讀者當然可以囫圇看過去，譯者有必要為讀者一一查證並作注嗎？我掙扎許久。還是查了。寫了。不愛看的人請逕自跳過。

它，寫作格式紛雜。主角威利．林肯思緒飛奔時沒有標點，作者以空格取代斷句。墓園守夜人曼德斯寫作形式仿古，全文無標點。凡在中陰度的敘述者，作者均以姓名小寫處理（中文無大小寫區分，只能以特殊字體處理）。有人講話處處激昂誇張（史東中尉），全大寫不斷，譯文也只好拼命粗體標示。有人思緒跳躍，不斷以括弧插入。有人下筆似乎氣喘，總是破折號。有人文謅謅行文仿文藝復興體，奈何極端疲憊恐懼，錯字連篇（普林斯上尉），譯者只能跟著選擇筆畫近似的錯字。有的下里巴人幹話連天，作者以消音形式處理，翻譯只好以Ｘ代表消音。

它，背景在十九世紀南北戰爭。作者曾說他苦學那時代說話方式，以致小說寫完後，必須重學現代英文。我呢。努力回憶中學所習文言文，盡力以半文言跟上他的時代精神。力有未逮之處，實乃欠學。至於讀者呢？我只能說這是一本需要做功課的書。

翻譯過程遇到許多文字疑義，多靠好友、中古英文專家陳儀芬釋疑。在此感謝。

照理，讀書，各自體會，作者無需譯者代言，讀者也無需譯者詮釋。但是我臉皮薄，深恐讀者誤解我別字連篇、校對粗糙，還累及責編與副總編美名。囉唆之處，尚祈見諒。

我已完成我夢寐以求的挑戰。此致逝去的一年半時光。

推薦文

林肯在暗夜啜泣

張四德—輔仁大學歷史學系教授

大約二十年前，喬治．桑德斯偶然由妻子親友處聽說有關林肯夜訪兒子威利墓地的故事；歷經長期的構思醞釀，終於編織出《林肯在中陰》。這本以「鬼」為主角的歷史小說，主要刻畫一八六二年二月下旬林肯遭遇喪子之痛和他們的父子親情；並且藉著化為中陰身的威利和**眾鬼魂**，縷述內戰前美國的社會、文化背景，以及內戰初期聯邦的頹勢。驟逝的威利，和崩解的聯邦（Union），似已幻化為中陰身，身形俱壞，卻徘徊流連。家事國事的重擊，讓林肯陷入極度的傷慟！

（一）

面對生死是極為嚴肅的人生課題。大致上，在各個族群裡，撫慰生者，安頓亡靈的工作就交給了宗教信仰，包括道教、佛教、回教或基督宗教以及各式民間信仰等等。然而，自十六世紀以來，隨著世界交通日益便捷，文化交流日益頻繁。當基督宗教傳揚到歐洲以外的「異邦」時，難免汲取其他宗教的思想或禮儀等元素。二十一世紀初桑德斯的《林肯在中陰》就是一個值得研究和玩味的例子。他將孕育已久的生死觀投射到十九世紀中林肯的身上。

桑德斯根據藏傳佛教「中陰」的觀念，規劃《林肯在中陰》這本長篇小說。借用聖嚴法師對於「中陰」的闡釋，應該有助於了解桑德斯的思維。聖嚴法師指出，「中陰」是處於「從此生的敗壞到另一生出現之間的過渡期，……具有神通，能夠見到肉眼所不能見到的事物」。桑德斯所謂的「中陰」，也是指人死之後到重生(reincarnation)之間的過渡時期，身形崩壞，但仍有辨識和知覺前世的能力；「中陰」的形體千奇百怪又多變，且保有七情六慾。

除此之外，聖嚴法師明確提示安頓「中陰」的方法。依他知見，「自古以來佛教相信，人死之後七七日間為中陰」，「因而要設齋、佈施或祈禱以超渡亡靈」。而召請中陰（身）來聽聞佛法，「化解心結，減輕煩惱」；「以信願和修行的力量自利利人，上求下化，便會依信心往生淨土」[1]。

桑德斯沒有清楚交代滯留中陰階段的時間長短，以及中陰身的最終歸宿等等。不過，他嫁接了基督宗教上主的神祕不可測、以及最後審判或天堂、地獄之說，並且提出人生的整個過程是命定的，因死亡而中斷。他還指出，眾鬼魂在夜間活動，旭日東昇，各自遁入屍體；兩個世界合而為一；鬼魂祈求：太陽下山後，仍受賜予最神聖的禮物：時間和自由。

桑德斯的佛學造詣到底有多深，不得而知。至少，Amie Barrodaley 刊載於《三輪》雜誌的文章〈*Coming Out Buddhist*〉確認桑德斯是佛教徒[2]。他作為閱歷豐沛的小說家，充分運用手邊的素材及想像力編織以中陰為主角和主題的故事，為讀者提供了一個形影模糊而精彩的想像空間。

故事的「主人翁」是林肯的兒子威利，時間是一八六二年的二月二十五日清晨，在美國的首都華盛頓特區附近的橡樹丘墓園。

這一天，狂風暴雨，隆隆的雷聲夾雜閃電劃過天際。早先波多馬克河水氾濫成災。威利因為罹患傷寒而驟逝。孩子夭折讓林肯傷心欲絕；並且感嘆「人之核心就是受苦」；生命無常、稍縱即逝；是「林肯一生中最艱難的試煉」。二十四日葬禮後的凌晨，他私訪墓地，還將威利擁入懷裡，輕撫他的臉頰和頭髮。

當下的墓園，儘管四下無人，卻有眾鬼魂出沒，觀察林肯的舉止；威利也是其中之一。桑德斯藉著已轉化為中陰身的威利，傳達父子間濃郁的親情。例如，林肯無奈地慨歎：「世間不配擁有他這樣的好孩兒。上帝召他回家了」。威利則因為對人間世和親情的熱切眷戀和冀盼，無法跨越中陰和塵世間的鴻溝，無法與活人溝通，焦慮地在墓地徘徊不去。處在這個過渡（transitional）階段的威利，不僅違背天律，且有礙於轉世投胎。

除此之外，桑德斯穿插了三位亦是中陰身的角色，透過「他們」的對話，觀看一八六〇年前後美國社會的形形色色。例如，跛腳的漢斯．沃門為人敦厚，卻不得善終。他因此慨歎：世界充滿哀傷，生即是苦。羅傑．貝文斯三世是同性戀，因為遭到男性愛人的背棄而自殺身亡。他們置身中陰超過二十年。第三位是時時刻刻反躬自省的牧師艾維力．湯姆斯，他表示：「我們是陰影，非物質，賞罰依據我們在先前（物質）世界的所為（或不為），已經永遠無法補正。……我不殺、不偷、不虐、不欺；不曾通姦，總是行善，公正公允；我信仰上帝，時刻盡力依祂意旨過活。」他也提到審判和地獄的存在，以及不可對抗上主；上主神祕可畏，隨心審判，不可預測；他更進一步描繪最後審判的鑽石門廳和桌子等金碧輝煌的場景，上主居於高臺正中大位、侍從將血淋淋的人心放在秤上的恐怖景象，讓人不得不讚嘆桑德斯豐沛的想像力。

當然，桑德斯也藉著其他中陰身，描述當時美國南方白人的無知，以及在奴隸社會之下黑人的處境。少數奴隸受到還不錯的待遇。例如湯姆斯・海文斯認為雖被使喚，仍享有自己的時間和自由，隨心所欲、不受干擾。但是大多數黑人，包括黑白混血的女子，身受侵犯和虐待等非人待遇。湯姆斯・海文斯因而衷心期待林肯能夠解放他們。

所以，桑德斯在《林肯在中陰》營造出一個充滿鬼魂的中陰社會，而故事的緣起建立在林肯因喪子之痛而夜訪墓地；以及變為中陰身的威利與眾鬼魂之間的互動關係上；並且藉此描繪南北戰爭前美國的黑白二元社會以及因奴隸制度引發的這場內戰。

（二）

美國歷史上，一般公認的偉大總統共有五位[3]。不過，林肯任內因為奴隸問題引爆史上唯一慘烈且影響深遠的內戰，顯然受到特別的關注。單從亞馬遜的搜索引擎中，有關他的著作和出版品，約有七萬多筆，遠遠超過其他四位，若以汗牛充棟形容，毫不為過。桑德斯在這麼卷帙浩繁的書海中穿梭出入，絕非易事。

林肯因領導聯邦，解放黑奴而舉世聞名。嚴格說來，他的豐功偉業肇始於一八六二年九月在戰場上開始由逆轉勝，和一八六三年在蓋茲堡所作的宣示（Gettysburg Address）：民有、民治和民享的政治理念；以及最終打敗蓄奴的南方，完成了統一國家的重責、拓展開國元勳創立的民主道統等等。不過，這些都是後話。

內戰之前，美國實際上已經是「一國兩制」的國家。北方原則上是以工商業為生的自由社會；南方受限於地形和氣候等因素，建立了奠基於黑奴制度之上的黑白二元經濟、社會和文化體制。南北歧異、齟齬不斷。十九世紀上半葉西部開拓運動如火如荼地展開，淬鍊出美國人冒險犯難和不屈不撓的精神。不過奴隸制度是否也能獲准依法擴張，則引發南方和北方高度的關切和緊張，終至劍拔弩張。以南卡羅來納為首的南方各州堅定地捍衛奴隸制度，並且提出：「奴隸制度是王」、「奴隸制度是我們神聖的權利」。民主黨參議員道格拉斯（Stephen Douglass）堅持美國政府應由白種人建立，以捍衛白種人的權益，世世代代延續下去。林肯則認同北方的廢奴主義人士，痛恨奴隸制度；他認為黑人也應該擁有「自然的權力」，享有勞動的果實以及獨立宣言中所賦予的權利；美國應該成為世界民主的表率。

一八六〇年的總統選舉，林肯代表共和黨以「限制奴隸制度的擴張」為政綱，打敗民主黨以「民意至上」、「尊重各地自治政府」為主軸的道格拉斯。為了捍衛奴隸制度與奠基其上的生活方式，自一八六〇年十二月二十日起，南方各州，包括南卡羅來納、密西西比、佛羅里達、阿拉巴馬等所謂的「棉花王國」，先後宣告脫離聯邦。一八六一年，林肯就職前一個月，南方各州代表已先行於二月五日在阿拉巴馬州的蒙哥馬利市（Montgomery）集會，撰寫邦聯（Confederate States of America）憲法，指名戴維斯（Jefferson Davis）為臨時總統。林肯的聯邦僅存半壁江山；美國遭遇建國以來最大的危機。

不過，基於「聯邦至上」的考量，林肯始終委曲求全，試圖藉著協商，維護聯邦的完整。在一八六一年三月四日總統就職演說中，林肯依舊釋出善意，以期在體制內解決南北間的分裂。他也警告剛成立的邦聯政府：你們手中掌握著內戰的關鍵。然而林肯舉棋不定的妥協態度成為聯邦的致命符咒。四月十二日凌晨四點三十分南方軍隊在桑特堡開出第一槍；桑特堡淪陷，內戰正式爆發。自此，烽火處處；家園殘破、傷亡慘烈。大致而言，南方憑藉優良的軍官和士兵，包括傑克遜將軍（Thomas Jackson）以及李將軍等有利因素，重挫北軍的士氣。

直到一八六二年九月，兩軍在安臺潭溪（Antietam）的夏普斯堡（Sharpsburg）發生慘烈的戰鬥，北軍終於將李將軍逐回維吉尼亞，戰場頹勢稍見逆轉；林肯開始採取果斷的政策。道德訴求凌駕一切，解放黑奴成為戰爭的最終目標。日後，聯邦政府更進一步通過憲法修正案，廢止南方的奴隸制度，並且賦予黑人公民權。聯邦政府還採取一連串的措施，協助飽受戰火摧殘的南方重建家園，重新回歸聯邦體制。

桑德斯以一八六二年二月二十五日凌晨林肯夜訪墓地為故事的基礎，極具巧思而且深富人文關懷。就職一年以來，林肯承擔聯邦崩壞、烽火燎原的內戰；二月二十日，更承受威利驟逝之慟。他深深體悟到人生無常和生離死別之苦；「少了生命力，……躺在這裡的只是……一塊肉」。然而，無止境的戰爭卻讓更多士兵在戰場上受傷、瀕臨死亡，或橫屍遍野。威利安葬之日，正值一場血戰結束，傷亡人數攀至新高；「光滑長髮浸在自身血液裡的年輕人」，「年輕丈夫嘴邊還掛著對妻兒的禱告」身軀卻已僵硬。此際，林肯卻在興戰！他必須殲滅南軍！

林肯因此遭到兩極化的批評。支持者認為林肯充滿慈悲與仁善、豁達大度且散發智慧；黑人對林肯滿懷期待。然而，負面的批評同樣排山倒海；認為他平庸至極、醜陋、態度粗魯、不受擁戴，是個戰爭販子、不識時代徵兆而且陷國家於危境等等；讓林肯成為美國史上最受詬病的總統。

無論如何，二月下旬，國家陷入危殆之際，林肯又逢喪子。人民卻殷殷期盼林肯重新掌舵。最終為了修補聯邦、重塑開國元勳樹立的傳承，林肯體認到「以戰止血，避免血腥的傷亡……是最慈悲的做法」。不過，對於未來林肯依舊茫然；因此尊崇上帝的他也不免微詞。他認為：「我們不該視上帝為祂……而是牠，是無可理解的巨獸，……我們便得俯從其意，唯一操之在我的是承其意旨時的精神」，「牠要鮮血，更多的血……改變現狀以符合牠的意旨。牠要的新狀為何，我不知道」。

所以，緬懷過往，開國元勳締造的聯邦由於深受奴隸制度的侵蝕，早已病若膏肓。而今，內戰爆發，僅存的半壁江山也如中陰，立國精神氣若游絲、奄奄一息；一如驟逝的威利。家事國事一片混沌。林肯該如何處置呢？

（三）

經過長期的構思醞釀，作家喬治．桑德斯嘗試捕捉林肯夜訪兒子墓地的深層寓意，富有戲劇性且發人省思。他在美國出生成長，曾在蘇門答臘等非西方世界遊歷，足跡遍及海外各地，一生閱歷豐富。他引用藏傳佛教觀念，並融入基督宗教的神學元素，營造出以威利為主角的中陰社會；透過眾鬼魂對於前世的反省，闡述聯邦崩解、戰火燎原、生靈塗炭的景象，以及嚴肅的人生命運和生死觀等課題。讀者得以窺探林肯悲天憫人之心和人溺己溺的傷痛與無所適從。基本上，佛教提供桑德斯基本思維架構；而選擇中陰為題材，得以任意發揮豐沛的想像力，成就桑德斯的第一本長篇小說。

在《林肯在中陰》裡，資料運用上創新又別具用心。既然以林肯為主角，桑德斯確實非常認真地收集相關歷史素材，包括回憶錄和期刊文章等等，威爾遜（Edmund Wilson）的《*Patriot Gore*》(1962) 就是其中之一；他也引用許多庶民或黑人管家及僕人的口述紀錄。不過他又虛構了幾可亂真的資料，真實和虛構交替使用，填補史料之不足，甚且特意仿效十九世紀中美國流行的語彙，簡潔而有力。這種虛實兼顧、似假似真的材料雖然讓讀者真假莫辨，卻讓這本歷史小說劇情格外生動流暢。

此外，在行文間，他採用對話的方式，跳躍式地穿插劇情，讓眾鬼魂各自淋漓盡致地表述前世的經歷和喜怒哀樂，猶如一幕幕栩栩如生的短劇，很容易讓讀者沉浸在故事情節裡。

《林肯在中陰》出版之後，《紐約時報》、《今日美國》和《時代雜誌》，以及比爾・蓋茲等均給予極高的評價。二〇一七年桑德斯獲得曼布克獎乃實至名歸。

終究，經由虛構的眾鬼魂，讀者可以從閱讀《林肯在中陰》親身體會到內戰前期的美國社會和文化。不過，就好比戲臺上紛紛擾擾的布袋戲偶，林肯的「尪仔頭」面對喪子之痛和聯邦崩壞，憂傷而不知所措。鬼影幢幢的鬼道眾生之中，我還是清楚地看見了「桑德斯」的手！

寫於二〇一九年二月十二日　林肯二一〇歲冥誕

---

1 聖嚴法師，〈甚麼是中陰身〉，《學佛群疑》。

2《三輪》雜誌（*Tricycle*）為知名佛教雜誌。https://tricycle.org/magazine/coming-out-buddhist/

3 分別為：華盛頓、傑佛遜、林肯、威爾遜、佛蘭克林・羅斯福。

圖1　南北分裂的美國地圖

圖2

圖說

1　虛線以下為蓄奴州，其餘為自由州；梅森迪克森線 (Mason–Dixon line) 分隔馬利蘭州與賓州，為自由州與蓄奴州的南北界線（圖片來源：美國國會圖書館）。

2　美國第十六任總統亞伯拉罕・林肯 (1809-1865)（圖片來源：美國國會圖書館）。

特別收錄

癢，抓就是了——專訪喬治．桑德斯

編輯室

《林肯在中陰》自出版後贏得全球一致好評，橫掃暢銷書榜冠軍外，更拿下英國曼布克獎，且獲選為五十年來最好的得獎小說之一。由於形式上帶有高度原創性，作者受訪時總不免被問道：「在你心目中，小說是什麼？」

相信讀過本書的人都想知道。以下內容是出版前夕，作者喬治．桑德斯特別接受編輯室提問，談談他心目中的林肯，中陰，他的寫作觀、人生觀和信仰。藉由桑德斯，再一次「進入」書中世界。

Q一這是你長達二十五年寫作生涯以來第一本長篇小說，為何想寫長篇？為何是林肯？世人所知的林肯總統在你的研究裡，有什麼意外發現？

A一坦白說，我真的不打算寫長篇小說，我對於短篇寫作的形式稱得上執迷，專心致志地只寫短篇故事，我就很開心了。不過二十年前我聽說這樣一則軼聞，林肯總統悲慟欲絕地夜奔墓園悼念亡子。這故事在我腦海盤旋二十年。開始寫之後，這故事像自有生命般地在我筆下漸漸成形。

至於林肯總統，儘管世人公認他長相欠佳，但其實他女人緣相當好；儘管他的婚姻出了名的糟糕，但是他對於妻子之外的其他女性，格外嚴守分際，不搞曖昧，以免傷到妻子瑪麗的感情或讓她吃醋。所以我發現他不僅是好總統，也是個好丈夫。

此外，短短五年任期內，林肯在精神及道德思想上都有驚人的提升，很多層面上我們至今依然望塵莫及。我也意外發現林肯總統上任之初其實聲望異常低迷，但他竟有辦法臨危不亂且逆轉頹勢。

Q—這本小說在形式上非常原創。比如從大量書信、報紙和其他歷史文獻上摘取（節錄）引用來進行敘事。為何這麼寫？

A—我對於虛構文學的觀念是任何事情都必須「帶有目的」。在這本小說裡，當眼前全是鬼魂四處打轉時，我認為必須有個實在的基礎——讓讀者確保自己仍在現實世界——相信這是一個「真」的故事。中間試過很多方法，直到最後，當我閉上雙眼，我看見最可信的「真實」就存在於我讀過的史料紀錄中。也許我只需要將文字加以重製。我心想：「等一下，可以這樣寫嗎？」「一字不差地挪用原典嗎？」我對自己說：「拜託，這是你的創作。想怎麼寫隨你。」之後，我又有靈感要捏造一些「假史料」。

Q—用「鬼魂」當主角說林肯的故事十分有趣。你相信人死後意識仍存在嗎？相信有鬼嗎？

A—我相信意識不滅。當然。至於是不是變成鬼，我不知道。但是身為說故事的人，鬼存在的價值在於它讓逝者，從某種意義上說，能有機會對於他或者她活過的生命作出**回應**——不論是去反省、或為此感到悔恨，或者去質問自己怎麼這樣過了一生。於我，鬼之存在意指：我們沒有一天不會想到已經不在世上的人，關於他們的記憶也必然會影響我們的所作所為，如此，在某種非常真實的感覺上，他們仍在世上。理論上「活著」所以能夠影響事態——其實死去的人也能影響事態發展，藉由干擾生者的意識（從而改變他們的行為）。

Q——書中鬼魂之間的對話也與一般小說書寫角色對話的方式不同：一律先出現對白，後面才出現小寫的名字。為什麼是這樣的形式？

A——坦白說，一開始並非如此，起初我把名字擺前面，再寫下他們要說的話（像福克納寫《我彌留之際》那樣）；至於文獻敘事的段落則是先引用，常見的體例，出處標注在引用文字後面。然而很快地，這種格式上的不一致，幾乎要把我逼瘋了。每天當我坐下來修改稿子時，我就覺得不妥——我不喜歡它讀起來的樣子。看起來就像在生者與死者之間劃上一條涇渭分明的界線。畢竟書中所引用文獻的著作者多已辭世。許多年來，我已認知到「想怎麼做就去做」的智慧，應用在寫作上也是——如果你覺得很棒就把它寫出來。簡言之，癢，抓了就是。剎那衝動的背後往往自有其深沉的道理。於是某天，我把鬼魂的名字擺在敘述的後面，我覺得它們看起來棒透了。之後我就一直這樣寫，我發現這樣寫還有一個好處——讀者在讀這些鬼說的話時，必然要經過一小段困惑（才能弄清楚究竟是「誰」在說話？）。這就是我的目的——我想倘若我們（當我們）發現自己置身中陰時，應該也會同樣地感到一時困惑和失去方向。

Q—為何選擇中陰作為小說的舞臺？中陰是什麼概念？

A—我喜歡藏傳佛教的觀點之一，就是死者死後對發生的一切依然有知覺。《西藏生死書》就是關於這個——當中講述如何藉由一生的禪修打坐使人對於死亡有更清楚的覺知經驗。小時候家中信奉天主教，意思是你死後不是上天堂就是下地獄，一切到此結束。某些人可能身處天堂與地獄的界線之間，身陷煉獄，或者靈薄獄。然而，被詛咒而滯留在煉獄的死者往往無能為力（除非他生前的親人願意不斷地為他奉獻和祈禱），不然只能坐在裡面乾等，有點像在監理所等牌照。戲劇化一點地說，倘若可以改變救度不是有趣多了嗎？我也喜歡另一種說法，臨終那一刻發生的遭遇，將會一直作用在「我們」身上——指的是一切習性、偏見、好惡的集合，我們生命中經歷過的一切。這就是業，除此之外，我們還能帶走什麼？所以在我版本的中陰（某方面跟藏傳佛教中的定義不同），徘徊其中的亡靈繼續承受著與他們生前相同卻更巨大無數倍的執迷與恐懼。書中另一個從佛教中汲取的教義，在於人活著的時候，任何奇思妙想都不免受身體拖累，但死亡之後，意識就像脫韁野馬般解放。所有的潛能都會大爆發，這是很驚人的概念……

Q—書中「進入」某人身體裡的橋段，是怎麼想出來的？你怎麼想到在林肯身體裡「眾人大合體」的情節？

A—這個問題不好回答，我只能說我的創作中有許多決定是出於直覺而非概念。這個想法曾出現在我過去的短篇小說中，比如〈*CivilWarLand in Bad Decline*〉以及〈*CommComm*〉。身為作家往往會不斷重返靈感泉源，希望此次能挖掘更深。同樣地，寫作，必須尊重逐次漸強的技巧。以這本小說為例，前半部我讓威利靠向他的父親。就在他要這麼做的時候我意識到：他沒有形體，要怎麼「靠」？他要不是穿「過」去，就是「進」去父親的身體。於是寫書的那個人（那個總是問自己「這怎麼樣」和「那又怎樣」的人）必須想：要是這樣，一個鬼魂穿過一個活人的身體時應該怎樣？他也明白：行動會產生結果比較好。在〈*CivilWarLand*〉那篇故事裡面，當死人穿過活人的身體時，可以感應到對方的想法。所以我讓威利這麼做。當你建立起一套規則，不但得持續使用，還得漸次加強。若鬼魂穿過鬼魂會怎樣？若是一群鬼魂穿過活人的身體又會怎樣？鬼魂會有何反應？活人又有何不同呢？這樣下去，有點像樂曲的主題的概念，你必須不斷地發展探索它，否則讀者只會感到單調。

Q—談談書中某些場景的設計。什麼是鐵圍籬？為什麼它的噁心作用只針對特定的人？另外就是讓人毛骨悚然的硬殼。那到底是什麼？硬殼裡面是什麼東西？

A—有時候故事裡的實體空間是依據故事需要而創造。我需要一個有局限的空間，於是創造了圍籬。我需要一個物件能配合並指出當威利在中陰停留愈久，情況就會更惡化，於是創造了硬殼和觸鬚。

Q—艾維力·湯姆斯牧師是中陰裡唯一「清楚知悉自己為何物」的居民。不過中陰的概念在他的信仰中應該並不存在，他為何會徘徊在那裡？他的受苦和悲傷是什麼？此外，書中關於鑽石宮殿和裡面發生的一切描述有沒有引發任何不滿的言論？

A—我是這麼想的，如果中陰真實存在，我認為如此，它必然對所有人都存在——可能我們的經驗不盡相同，但是它始終存在。我曾讀到一則出自藏族傳統的觀念，人死亡的時候，往往有機會接觸到巨大的顯靈經驗，我們習慣用自己熟悉的符號系統去想像。所以基督徒看見的想必是耶穌或聖母，佛教徒則會看見佛陀或度母，大致如此。如果某人常看實境節目《與卡戴珊一家同行》，會看見什麼不用想也知道是……那你懂我意思了。許多文化都有自己一套「審判」戲碼——當然包括基督教。它可能是一種神經系統的反應，反應出我們每個人心中都有的小小自我批判聲音，也可能是真實存在。至於書中牧師所經歷的最後審判情節，甚至基督王的形象，都出於牧師自己的想像。我至今不曾聽過任何人有任何關於那段情節的負評，只是有些人覺得很恐怖。我也是其中之一。

Q—聽說你是虔誠的藏傳佛教徒。你覺得信仰對你的生活和寫作有何影響？

A—基本上我變成一個更快樂的人，也因此變成更成功的藝術家。它是門美麗而高深的傳統，一整套心與識的修習——我很感激能找到自己的信仰，或是說它找到了我。

Q—書中有句話寫道：「唯有更多苦難才能終結苦難。」你怎麼看？

A—基本上我並不這麼認為，想當然爾。卻是林肯發現自己身陷的處境。一種巨大的罪惡，蓄奴制度，在國內猖獗，而且想必無法透過和談或妥協解決。唯有殺戮。這個說法出自他第二任總統就職演說的演講辭：「……假使上帝要讓戰爭再繼續下去，直到二百五十年來奴隸無償勞動所積聚的財富化為烏有，並像三千年前所說的那樣，等到鞭笞所流下來的每一滴血，被刀劍之下所流的每一滴血所抵消，那麼我們仍然只能說，『主的裁判是完全正確而且公道的』。」我才在林肯的意識中寫下一段話，當中林肯總結將人類連結在一起的經驗就是「世人皆受苦。我們應將彼此視為受苦的存在，從而懷抱憐憫心。」我喜歡這個段落，因為它符合我（來自佛教與天主教）的世界觀。「善待彼此」。然而彼時，「當我抬頭看天」，可以這麼說，林肯心中應該這麼想：這場戰爭尚未得勝，若奴隸制度不能在我任內廢除，一定會繼續惡化。什麼是「慈悲」？立刻結束戰爭讓未來數以百萬計的人繼續為奴是慈悲嗎？如果不是，那麼繼續作戰，讓幾萬名男孩戰死沙場是慈悲嗎？這就是我喜歡寫小說的原因：小說裡的故事永遠能指引我們追求更崇高也更複雜的道德判斷與真理。

Q｜倘若一個人無論在世間行何道都要受苦，人們該何去何從？

A｜我們都受苦——無論依賴什麼，我們依賴的一切都將遠去。不論是工作，或者是心愛的人，無論如何，世事皆無法永恆。苦難一再發生的原因在於人們期待並一心追求常樂。我個人的**調柔**之道，在於——對他人更加禮貌，不要輕率判斷或易怒。但是我們愈檢視自己，愈能體會到我們總是陷入一種迷思，認為自己能豁免於難，能一直恆定下去。如果我們裝作這一切為真的話，我們必將受苦。問題一直在於，智識上，我們知道存在短暫，死亡必臨，卻不願相信。我自己也做不到。因此，假如有這麼一天，我不幸被鋼琴砸到頭，可以這麼說（誰說不會發生這樣的事），我一定會既驚且懼，同時感到傷心和憤怒：「我怎麼會死？我人這麼好，還有好多事情想做。」假使我對佛法的理解正確，生命的職責就是當死亡來臨時能放下這些虛妄的念頭，如此，當死亡降臨時，我們就不會感到如此憤怒或意外。然而，真要做到從身體到心理「完全放下」，對於大多數的人來說，需要幾世的修行。說的容易但做到很難。

Q—最後一個問題是關於湯姆斯．海文斯。他是虛構的人物嗎？為什麼是他，他要去哪裡？

A—沒錯，他是虛構的角色，書中所有的鬼魂都是。他過去是一名奴隸，如同他告訴我們的，相對來說比較不沉重——他的主人相較於其他人，總是善待他。然而他也不免對此感到罪惡與困擾。在他死後，他愈來愈感受到自己的失去，也因為被動性格而變得愈來愈不快樂。當他發現自己進入林肯體內時，他決定藉此機會幫助林肯總統瞭解蓄奴的恐怖。我們多少能感覺到他成功了，假如回顧歷史就會發現在這個二月一夜不久以後，林肯總統便發表了解放奴隸宣言，並且在解放黑奴這條道路上愈來愈堅定。我喜歡海文斯這號人物，歷史學者一直以來低估了黑人鬥士在翻轉奴隸制度上的影響力。促使林肯轉變心意，更加堅定推翻奴隸制度，願意妥協讓步的關鍵之一，其實深深受到內戰期間他一路見識到黑人軍士的英勇，以及黑人知識分子如費德利克．道格拉斯等人所影響。

最後，謝謝貴社的獲獎編輯團隊出版我的小說，同時很高興能有這個機會與臺灣讀者對話。

大師名作坊 164

林肯在中陰

作者——喬治・桑德斯
譯者——何穎怡
編輯——張瑋庭
企劃經理——何靜婷
美術設計／內文排版——日央設計

總編輯——嘉世強
董事長——趙政岷
出版者——時報文化出版企業股份有限公司
108019臺北市和平西路三段二四〇號三樓
發行專線——（〇二）二三〇六六八四二
讀者服務專線——〇八〇〇二三一七〇五・（〇二）二三〇四七一〇三
讀者服務傳真——（〇二）二三〇四六八五八
郵撥——一九三四四七二四時報文化出版公司
信箱——一〇八九九臺北華江橋郵局第九九信箱

時報悅讀網——http://www.readingtimes.com.tw
電子郵件信箱——liter@readingtimes.com.tw
法律顧問——理律法律事務所 陳長文律師、李念祖律師
印刷——勁達印刷有限公司
初版一刷——二〇一九年三月二十二日
初版九刷——二〇二四年二月二十二日
新臺幣——四六〇元
（缺頁或破損的書，請寄回更換）

時報文化出版公司成立於一九七五年，
並於一九九九年股票上櫃公開發行，於二〇〇八年脫離中時集團非屬旺中，
以「尊重智慧與創意的文化事業」為信念

林肯在中陰 / 喬治 ・ 桑德斯 (George Saunders) 著 ; 何穎怡譯 .
– 初版 .– 臺北市 : 時報文化 ,2019.03
面 ; 公分 . – (大師名作坊 ;164) 譯自 : Lincoln In The Bardo
ISBN 978-957-13-7716-2
878.57

108001692

ISBN 978-957-13-7716-2
Printed in Taiwan